言葉の流星群

池澤夏樹

角川文庫
18090

目次

言葉の流星群

はじめに

　宮澤賢治の詩を読もうと思う。詩を彼は「心象スケッチ」と呼んだ。無数に残されたそれら言葉の束を気楽に、連想の翼を広く伸ばして滑空的に、一回に一篇ずつ読んでゆく。ケンジ座の流星群を仰ぎ見る。何度となく手を加えられながら完成されることがなかった、輝く結晶をたくさん含む母岩のような詩を読む。

　世間は最初から生活の濃い影を作品に重ねるような読みかたでこの詩人を理解しようとしたが、ぼくはそういう姿勢を好まない。生活よりも才能の方が大きかった人の場合、伝記を重視すると才能が生活のサイズまで縮んでしまう。だから、ここではテクスト群だけを相手に、伝記的なことにはあまり触れずに読んでゆきたい。一々注を付けるような学究的な態度も捨てて、勝手気儘にこの詩人の世界を跋渉してみようと思う。勝手のついでにここでだけは詩人をケンジさんと呼ばせてもらおう。いわゆる宮澤賢治とは別の、仮想の人格、ただテクストを束ねるための名と思っていただきたい。

1

一〇七四〔青ぞらのはてのはて〕　一九二七、六、一二、

青ぞらのはてのはて
水素さへあまりに稀薄な気圏の上に
「わたくしは世界一切である
世界は移らう青い夢の影である」
などこのやうなことすらも
あまりに重くて考へられぬ
永久で透明な生物の群が棲む

人間はいろいろなことを考える。明日もしも晴れたら麦の刈り入れをはじめようかと具体的なことを考える一方、この世には悪人と善人がいるのか、それともすべての人間の中に善と悪があるのか云々と抽象的なことも考える。いろいろな考えは頭の中に湧いて出るが、やがて抽象的な考えはそのままでは理解がむずかしいことに気づく。抽象は

どうも扱いにくい。それならば抽象的なことを仮に具体物のように考えてみてはどうかというアイディアが湧いた時、人は比喩という技法を発明する。頭の中で生まれて言葉によって他人との間でやりとりされる抽象概念を、手で触ったり、持ち上げたり、火で焼いたり、遠く眺めたりできるモノのように見なす。そうすると感覚的に扱えるようになる。

　モノならば重さがある。ある種の考えやアイディアの値打ちを「重い」と表現すれば、聞いた者はすぐにそれを実感することができる。「ずっしりとした言葉」とか、「重量感のある思想」とか、「誓いの重さ」とか、「磐石の重み」とか、動かしにくいモノ、動かすべきでないモノを重いと言う。

　しかし、実際の話、重いというのはなかなかやりきれないことなのだ。自分の身体が重いと感じるのはだいたい元気がない時である。つまり、ぼくたちは重力というものを手かせ足かせのように考えている。幸福の絶頂では人は自分の身が宙に浮くように感じる。自由の表現として「身軽」という言葉がある。鳥を見て羨ましいと思うのは、彼らが重力に縛られることなく行きたいところへ飛翔してゆけるからだ（山上憶良は「飛び立ちかねつ、鳥にしあらねば」と歌った）。

　ケンジさん自身の言葉を探せば、「〔生徒諸君に寄せる〕」という完成しなかったらしい詩の断片の中に

新らしい時代のコペルニクスよ
余りに重苦しい重力の法則から
この銀河系統を解き放て

という言葉がある。実際、彼の書いたものの中には飛ぶ話がとても多い。風の又三郎はガラスのマントをまとって空を飛ぶし、銀河鉄道はもちろん夜空を走る。そこに地面はあるけれども、それは半ばは透明な、物質感のないエーテル風の地面である。そしてたくさんの鳥たちの物語。鳥も飛ぶし、よだかも飛ぶ。『グスコーブドリの伝記』ではクーボー大博士が「玩具のやうな小さな飛行船に乗つて」やってくる。自由な人間はまずもって重力から自由であるらしい。

それでは考えられるかぎり最も軽い、重力から自由な生き物は何か？　そういう疑問が一瞬ケンジさんの頭に浮かんだ。重力から自由と言っても、今のぼくたちがすぐに思い浮かべるような宇宙基地内の無重力状態とは少し違う。あれはいかにも重そうな機材がふわふわと浮いているという、感覚に反する気持ちの悪い空間だから、あれをもって重力からの解放と考えるわけにはいかない。

もっと詩的に想像力を伸ばしてみよう。その生き物は大変に軽く、自分と同じように軽くて稀薄な世界に棲んでいる。地球環境を形成するのは地圏と水圏と気圏だが、最も軽いのが気圏であることは言うまでもない。それも上空に行けば行くほど気圧と気温は下がり、空気は稀薄になって、透明感が増す。最も軽い元素である水素さえそこには少ない。科学者たちの説によれば、地球には昔はもっとたくさん水素があったのだが、この元素はあまりに軽いので重力の軛を絶って勝手に宇宙空間に逃げ出してしまったのだという。これが月だと大気を構成するすべての元素が逃げてしまって、それで今の月はアポロ11号の二人が足を踏みしめて立ったところでも真空なのだとか。

そんなわけで、いかにも高空を連想させる水素である。それさえあまりに薄いほどの高いところ、「青ぞらのはてのはて」にその生物の群が棲んでいる。その生物たちは何を考えるか。このあたりがケンジさんの夢想の大胆さがわかる部分である。生物は結局のところ自分の形に合わせて世界を解釈している、という根源的な仮説を彼はここでそっと導入するのだ。クマの世界観はやはりクマ的だし、ヤナギランはこの世界をヤナギランを幸福に生かすための場所と理解している。数十年後のスタニスワフ・レムのようなSF作家が『ソラリスの陽のもとに』などで考えたことを、ケンジさんはなにげなく示す。人間と他の天体の生物が出会ったところで、お互いの言うことが理解できるとはかぎらない。

青ぞらのはてのはてに棲む彼らは知的生命体であって、この軽い稀薄な世界を自分たちに合わせて読み取る（ぼくには彼らが何かプラナリアのような平たいひらひらの透明な姿をしているように思われる）。彼らのハビタートには地面はなく、他の生物はおらず、たぶんこの生物たちの身体以外には形あるものはないだろう。重力が形あるものに働きかけるとすれば、形がない世界では重力は機能しない。他に何もなければ彼らが「わたくしは世界一切である」と考えるのも当然。

こうやって一篇の詩を読みながら、ぼくは言葉というものが想像の世界を構築する材料としていかに優れているか、ケンジさんという一人の詩人がそれをいかに巧みに応用したか、それを考えてひとしきり感心せずにはいられない。もちろん音楽には音楽の、絵には絵の、そして肉体を用いる踊りには踊りの、富があることを知らないわけではないのだが、ここにあるような思想を表現しようと思うと、これはもう言葉以外の素材はない。その言葉の用法としてこの場合に最もふさわしいのはやはり詩である。詩の言葉は言いすぎないからいい。いわば骨格だけを示して、あとの肉付けは読む者に任せる。だからこのように勝手に読むことも可能になる。

さて、この透きとおった生物たちは自分が世界の一切であると言いつつ、その世界をいかにも軽く、たゆたうが如く、「世界は移らう青い夢の影である」と解釈する。青いのは藍（あい）の青さや海の青さではなく、立ちのぼる煙の青さ。その煙の色の、はかない、夢の、影。重量感のないものをいくつも連ねるレトリックのうまさ。しかし詩人は、彼らの考えとして提示され、読者の心の中で（いかにも軽い、自由な、透明感あふれるものとして）くっきりと印象を結んだ彼らの世界観を、次の二行でひっくりかえす。これだから日本語はおもしろい。「私は、一八九六年に岩手県稗貫郡花巻町に生まれて一九三三年に同地でなくなった詩人」まで書いた上で、「ではありません」と否定形にすることができる。この語順のからくりを詩人は使ってみせる。いかにも稀薄な世界観を表す「わたくしは……青い夢の影である」までを示した上で、それすらも「あまりに重くて考へられぬ」と逆接でつなげて、この生物たちの軽みをいよいよ強調するのだ。青い夢の影の重みにさえ耐えかねるエーテル的な存在の群というイメージ。これはエロチックで、美しい。

いかに遠くまで想像できるかが大事だと思う。詩人とは、日常から遠方に至るその距離感の表現者である。その意味でケンジさんはすごかった。これほど遠くを思い描くことができる詩人、その距離感を言葉に乗せて伝えることができる人は他にはいなかった。「心象スケッチ」を読んでいていつも思うのはこのことだ。だから彼を地上に引き止めていた伝記的事実ばかりを論じたくないと考える。彼の出発点はわかっている。そこから彼は離陸したし、短い人生の後半では離陸できなくなって、堕天使のごとく、謫仙人のごとく、地上で苦しい思いをした。軽いというのはこの人にとってずいぶん大事なことだったのだろう。

2

なぜ詩を読むかと言えば、楽しいからである。詩を書く側にはもっといろいろ理屈があるようだが、読む方はただ楽しければいい。特にケンジさんの詩は言葉の響きぐあいが巧妙にできていて、連想があちらこちらへ飛んで、目の前に広い世界が展開する。一行目を読む時は彼の心の中をのぞくような気持ちだが、心の中は決して狭い洞窟ではなく、いきなり青空の彼方まで広がって天山山脈が見通せたりする。谷底の方に暗い怪しいものがうずくまっていることもあるが、それも実はぼくたちにとって親しい懐かしいもの、よく知っている相手だ。

ここで読もうとしている作品の場合は、言葉の響きとリズム感が全体をきらきらと輝かせている。これは目で読んでもだめで、どうしても声に出して朗読ないし朗誦した方がいい。言葉一つ一つの意味にひっかからず、アレグロでどんどん先へ行く。情景がつぎつぎに目の前を流れるように読む。見慣れない言葉の読みを下の方に書いておこうか。

〔三六九〕　岩手軽便鉄道　七月（ジャズ）　〔一九二五、七、一九、〕

ぎざぎざの斑糲岩の岨づたひ　　ハンレイガン、ソバ
膠質のつめたい波をながす　　コウシツ
北上第七支流の岸を
せはしく顫へたびたびひどくはねあがり　　フルエ
まっしぐらに西の野原に奔けおりる　　カケ
岩手軽便鉄道の
今日の終りの列車である
ことさらにまぶしさうな眼つきをして
夏らしいラヴスィンをつくらうが
うつうつとしてイリドスミンの鉱床などを考へようが
木影もすべり
種山あたり雷の微塵をかがやかし　　ライ？
列車はごうごう走ってゆく
おほまつよひぐさの群落や
イリスの青い火のなかを
狂気のやうに踊りながら
第三紀末の紅い巨礫層の截り割りでも　　キリワリ

ディアラヂットの崖みちでも
一つや二つ岩が線路にこぼれてようと
積雲が灼けようと崩れようと
こちらは全線の終列車
シグナルもタブレットもあったもんでなく
とび乗りのできないやつは乗せないし
とび降りぐらゐやれないものは
もうどこまででも連れて行って
北極あたりの大避暑市でおろしたり
ダイヒショシ
銀河の発電所や西のちぢれた鉛の雲の鉱山あたり
ふしぎな仕事に案内したり
谷間の風も白い火花もごっちゃごちゃ
接吻(キス)をしようと詐欺をやらうと
ごとごとぶるぶるゆれて顫へる窓の玻璃(ガラス)
二町五町の山ばたも
壊れかかった香魚(あゆ)やなも
どんどんうしろへ飛ばしてしまって
ただ一さんに野原をさしてかけおりる

本社の西行各列車は
運行敢て軌によらざれば　　アエテ、キ
振動けだし常ならず
されどまたよく鬱血をもみさげ　　ウッケツ
……Prrrrr Pirr!……
心肝をもみほごすが故に　　シンカン
のぼせ性こり性の人に効あり
さうだやっぱりイリドスミンや白金鉱区（やま）の目論見は
鉱染よりは砂鉱の方でたてるのだった
それとももいちど阿原峠や江刺堺を洗ってみるか
いいやあっちは到底おれの根気の外だと考へようが
恋はやさし野べの花よ
一生わたくしかはりませんと
騎士の誓約強いベースで鳴りひびかうが
そいつもこいつもみんな地塊の夏の泡　　チカイ
いるかのやうに踊りながらはねあがりながら
もう積雲の焦げたトンネルも通り抜け
緑青を吐く松の林も　　ロクショウ

続々うしろへたたんでしまって
なほいっしんに野原をさしてかけおりる
わが親愛なる布佐機関手が運転する
岩手軽便鉄道の
最後の下り列車である

だいぶ引用が長くなってしまったけれども、言葉を口の中でころがす快感のためにはどうしてもこれぐらいは必要なのだ。それに、声に出すことは詩を読む速度をちょうどよく保つのにも役に立つ。黙読では速すぎて頭の中にイメージが展開する暇がない。だいたい普段からぼくたちはものを速く読みすぎる。言葉というのはもともとは耳から入るものだったのだから、それ本来の速度感を取り戻すためにも、時には何か声に出して読んだ方がよろしい。それに耐えないのは悪文と思った方がいい。

さて、詩そのものに行こうか。これはもう「心象スケッチ」ではなく「詩」である。つまり、完成度が高く、読み手の反応を充分に意識して作られた文学作品。タイトルの中に「ジャズ」という言葉が入っているように、軽快で、リズム感があって、何よりも愉快だ。一九二五年に書かれた詩であることを考えると、ここに言うジャズはせいぜいディキシーランド。『セロ弾きのゴーシュ』の中で狸の子がゴーシュに弾いてくれと頼む「愉快な馬車屋」という曲と同じ類だろう。

岩手軽便鉄道は一九一四年に花巻から仙人峠まで開通したと手元の資料にある。ケンジさんが汽車が好きだったことはいうまでもない。なんと言っても彼の代表作は『銀河鉄道の夜』だし、その他にも『シグナルとシグナレス』や「青森挽歌」や『氷河鼠の毛皮』などなど、鉄道が登場する場面は少なくない。しかし、これをただ好きだったで片づけるわけにはいかない。この詩人にとって鉄道はもっと重要なもの、敢えて言えば世界を認識するための道具だった。今のように交通網が発達した時代からはなかなか想像しにくいことだが、一九二〇年代の東北に住む者は、鉄道によって自分の住む土地が遠方と結ばれていることを契機として広い世界観を持った。ぼくは一九四〇年代後半に北海道で育って、まったく同じ思いを鉄道に対して抱いていた。ほとんど畏怖の念と言ってもいい。世界は広く、遠い土地にも人が住んでいるらしいという頼りない知識を汽車が実感に変えてくれる。巨大な機関車を見上げて、これならばどんなに遠くにでも行けると納得する。

岩手軽便鉄道はそんなに遠くへ行く汽車ではないけれども、ケンジさんの想像力の中ではさっさと軌道を外れて北極に近い避暑地までも行ってしまう。西へ走っているはずがいつの間にか北に向かっている。全体を貫いているのは、山から平野へと駆け降りる汽車のスピード感で、それを振動が修飾している。揺れではなくて「顫へ」だから、もっと振幅が小さくて周期が速い。だからマッサージの効果があって鉄道会社がそれを（まるで温泉の薬効のように）宣伝に使っている。当時の宣伝文だからここだけが文語体。そこに横文字が混じる。このrはイタリア語のように舌先を震わせて発音しなければならない。こんな風なユーモアは日本の詩には実に珍しい。

作品として完成度が高いと先に書いたが、小説的構成と言ってもいい。ストーリーはないが場面はある。映画の断片のようにも読める。第一は山の中を走ってゆく汽車の姿。周囲の地形は正確な地学用語で描写され、そのところどころに地名がちりばめられて鳥瞰的な印象を与える。このあたりはほぼ同じ高さの丸い山が延々と連なる準平原という地形で、その谷間をうねうねと下ってゆくと思えばいい。

第二の光景は客車の中で、登場人物は二組。その一方はずっと仕事に思いを馳せている鉱山技師か山師で、この男は「うつうつとしてイリドスミンの鉱床などを考へ」ている。イリドスミンは稀元素イリジウムを含む白金の砂だが、イリジウムというと恐龍の絶滅を巨大隕石の落下で説明しようとしたアルバレスたちの仮説が思い出される。世界各地の地層の中にイリジウムが異常に多い層が見つかることが彼らの論拠だった。こういう話をケンジさんとしたら、これはずいぶん楽しかっただろうと思う。この詩が書かれた時にはプレートテクトニクスはもちろん冥王星もまだ発見されていなかった。

登場人物のもう一方は「夏らしいラヴスィン」を演じている二人。しかしこの二人は実在するのか。これは乗客の誰かが思い出している浅草オペラの一場面かもしれない。鳴りひびく「強いベース」はもちろん楽器のダブルベースだし、「恋はやさし野べの花よ」はそのまま歌の歌詞だ（オペレッタ「ボッカチオ」の中のアリエッタ）。

「いるかのやうに踊りながらはねあがりながら」というのは躍動感あふれる汽車の描写として実に正確で、「津軽海峡」の中に出てくるイルカを思わせる。最後に一つだけ疑問——仙人峠から花巻に行く列車は慣例に従えば「上り」のはずである。山から降りてくるから「下り」としたのだろうか。

3

一〇八四〔ひとはすでに二千年から〕

一九二七、七、二四、

ひとはすでに二千年から
地面を平らにすることと
そこを一様夏には青く
秋には黄いろにすることを
努力しつゞけて来たのであるが
何故いまだにわれらの土が
おのづからなる紺の地平と
華果とをもたらさぬのであらう
向ふに青緑ことに沈んで暗いのは
染汚の象形雲影であり
高下のしるし窒素の量の過大である

気象資料を調べたわけではないので確かなことは言えないが、どうも一九二七年の夏の東北は気温が上がらず、多雨で、凶作だったらしい。雨が多いと稲は伸びすぎて倒伏するのだ。この夏、それを憂える詩をケンジさんはいくつも書いている。

　このころ彼は例の羅須地人協会という不思議な会を主宰しながら、農業技師としてたくさんの肥料設計をした。畑ないし田の条件と、植える作物の種類、それにその年の天候の予想などを勘案して、施すべき肥料の種類と量、その時期などを「設計」する仕事である。最初の二つは決まっているから問題は少ないが、天候は統計と経験と勘の上に立った博打だ。はずれることも少なくない。はずれた場合に肥料設計者にどのぐらいの責任があるか。ぼくは自分で農業をやっているわけではないので確たることは言えないが、天候が非常に悪い年には肥料をどうしようと穫れないものは穫れない、ということはわかる。作況を決めるのはまず天候であり、それと呼応する品種の選択であり、それから肥料だ。肥料は農民の努力の一部であって、それを手伝うのが農業技師の仕事だと思う。

　しかしケンジさんにはどうも自分の責任の範囲を拡大解釈する傾向があるようだ——

　　夜明けの雷雨が
　　おれの教へた稲をあちこち倒したために

こんなにめちゃくちゃはたらいて
不安をまぎらさうとしてゐるのだ

この「おれの教へた稲」というのは肥料設計をした稲という意味だろう。それなのに彼は田の持ち主たちのところへ行く自分に向かって——

青ざめて
こはばったたくさんの顔に
一人づつぶっつかって
火のついたやうにはげましてあるけ
穫れない分は辨償すると答へてあるけ
死んでとれる保険金をその人たちにぶっつけてあるけ
（一〇八七〔ちしばりの蔓〕）

とまで言っている。肥料設計をしただけで弁償まですという考えは普通ではない。

肥料が農夫たちにとって大事なのはよくわかる。間違えば責任をとらされる例をぼくたちは他ならぬ『グスコーブドリの伝記』に見ることができる。すべての科学が農学と火山学の二つに収斂（しゅうれん）したような美しい国としてのイーハトーブの火山局は、ある年、飛行船で空から薬剤を撒いた上で落雷を誘発し、雷雨に混ぜて硝酸アムモニア（窒素肥料）を耕作地に撒く。計画はもちろん成功する。しかしこの計画の責任者であったブドリはある村で「電気でこやし降らせたブドリだな」と詰問され、不作の元凶としてさんざんに殴られる。後になって、肥料設計を間違えた農業技師がそれを火山局のせいにしていたのだということが判明する（似たような詰問の場面は『植物医師』というインチキ農業技師を主人公にした芝居にもある）。

しかし、誠実に肥料設計をした者が、天候不順に由来する不作の分まで責任を取るのは行き過ぎではないか。弁償とか保険金とか、言葉がきつすぎる気がするのはなぜだろう。どうもこの時期のケンジさんはいろいろ焦っていたように思われる（この人の伝記に踏み込むことはしないで、心象スケッチだけを読んでゆくのが方針だが、時おりの逸脱は許していただきたい）。この時期だけでなく、一生ずっと焦っていたような節もある。この焦りが理想の社会を描いて読む者を惹きつける『グスコーブドリの伝記』の最後を暗転に終わらせる。

本当に主人公の自己犠牲を持ってこなくてはこの話は終わらなかったのだろうか。この話の、前半では飢饉に悩む人々の運命、文字どおりの一家離散の惨状を書いて、天候に運命を左右される人間の不幸を伝えるけれども、後半は科学の力で天候を左右できるようになった人間たちの幸福を描く。その上で、それでも解決できない自然の気まぐれに対してグスコーブドリは自分の生命を差し出す。

冷害を前にして怯える社会は、グスコーブドリの自己犠牲でひきおこされたカルボナード火山の噴火が放出した炭酸瓦斯の温室効果によって「ほぼ普通の作柄に」なって安心する。「たくさんのブドリのお父さんやお母さんは、たくさんのブドリやネリといっしょに、その冬を暖いたべものと、明るい薪で楽しく暮すことができたのでした」。そうだろうか？　楽しく暮らすために誰かの生命が必要なのだとしたら、ぼくたちはそれをただ感謝して受け入れるだろうか？

今の時代に日本に生きるぼくたちは本当の飢えを知らない。目の前で人が倒れてゆくのを見て、自分一人の生命が一万人を救うと確信できたら、そこまで考えを凝らしたあげくだったら、人は自己犠牲の道に踏み出せるのか。そうすべきなのか。

〔倒れた〕稲を追ひかけて
これからもまだ降るといふのか
一冬鉄道工夫に出たり
身を切るやうな利金を借りて
やうやく肥料もした稲を
まだくしゃくしゃに潰さなければならぬのか

（一〇八八　祈り）

　こういう絶望感の果てでならばブドリの決断は正しいということになるか。

　たしかに人はこの島々で二千年前から大地を耕し、夏は青く秋には黄色に揺れる稲穂を求めてきた。湿潤で畑にならない土地を畦（あぜ）で区切って水田にして稲を育て（『グスコーブドリの伝記』の中の言葉づかいによれば、沼ばたけでオリザを育て）、しばしばの天候不順に悩まされながらもそういう営みを続けてきた。特に東北では冷害が脅威だったから、科学によってそれが克服できたとすればそれは大きな福音だっただろう。そういう希望に促されてのケンジさんの肥料設計だった。ただ、当時の科学にはまだ冷害を押さえ込むほどの力はなかった（もともと南方産で寒さに弱かった稲が北海道でまで安定して作れるようになったのは戦後もずいぶんたってからのことである）。クーボー大博士の学識と実践も自然を前にしては無力を認めざるを得ない時がある。その足りない分をブドリは自己犠牲で埋めた。

　このブドリの姿勢は「弁償」や「保険金」に走るケンジさん自身の姿勢によく似ている。不幸を相対的に見る視点がないと言うか、すべての不幸を自分の身に引き受けてしまう性格と言うか。それは美しいのだろうが、しかし成熟した者にはなぞりがたい。ぼくたちはケンジさんを成熟を拒否したまま逝った青年たちの列に加えるべきなのかもしれない。

　クーボー大博士とブドリは科学の成果を誇りつつその限界を嘆いたが、それからの七十年足らずで少なくとも冷害は克服された。東北の娘たちはネリのようにかどわかされることもなく（ネリの誘拐はもちろん身売りの婉曲な表現である）、むしろ飽食の中で途方に暮れている。しかし、科学は近い目標に向かって猪突するばかりだから、全体として見れば土の中の養分は失われ、肥料設計者は肥料にばかり依存する偏頗な農学をすすめている。見た目が豊かになる一方で――

……あゝけれども　またあたらしく
西には黒い死の群像が浮きあがる
（一〇八七〔ぢしばりの蔓〕）

そういうことを考えていると、「〔ひとはすでに二千年から〕」を書いた三十一歳のケンジさんだけでなく、五十歳六十歳のケンジさんともじっくり話したくなる。

4

どうも世間の宮澤賢治ファンは、ケンジさんという人を徹底して誠実で、禁欲的で、求道的な人格者と見ているようだ。しかし、この人は時としてとんでもなく奔放なことを考える。そういう力がなくてはあのたくさんの童話はとても書かれなかっただろう。人生の最後の段階ではたしかに彼は誠実で、禁欲的で、求道的な人格者になったけれども、それだけしか残らなかったとしたらそれは一種の衰弱である。哄笑（こうしょう）を呼ぶユーモアやら勝手にどこまでも突っ走る想像力やらを矯（た）めてしまっては本当に強い作品は生まれない。今回とりあげる作品は野放図という点では他を圧倒している。

三三七　国立公園候補地に関する〔意見〕　　一九二〔五〕、五、〔一一〕、

どうですか　この鎔岩流は
殺風景なもんですなあ
噴き出してから何年たつかは知りませんが

かう日が照ると空気の渦がぐらぐらたって
まるで大きな鍋ですな
いたゞきの雪もあをあを煮えさうです
まあパンをおあがりなさい
いったいこゝをどういふわけで、
国立公園候補地に
みんなが運動せんですか
いや可能性
それは充分ありますよ
もちろん山をぜんたいです
うしろの方の火口湖　温泉　もちろんですな
鞍掛山もむろんです
ぜんたい鞍掛山はです
U〔r〕-Iwate とも申すべく
大地獄よりまだ前の
大きな火口のへりですからな
さうしてこゝは特に地獄にこしらえる
愛嬌たっぷり東洋風にやるですな

鎗のかたちの赤い柵
枯木を凄くあしらひまして
あちこち花を植えますな
花といってもなんですな
きちがひなすびまむしさう
それから黒いとりかぶとなど、
とにかく悪くやることですな
さうして置いて、
世界中から集った
猾るいやつらや悪どいやつの
頭をみんな剃ってやり
あちこち石で門を組む
死出の山路のほととぎす
三途の川のかちわたし
六道の辻
えんまの庁から胎内くぐり
はだしでぐるぐるひっぱりまはし
それで罪障消滅として

天国行きのにせ免状を売りつける
しまひはそこの三つ森山で
交響楽をやりますな
第一楽章　アレグロブリオははねるがごとく
第二楽章　アンダンテやゝうなるがごとく
第三楽章　なげくがごとく
第四楽章　死の気持ち
よくあるとほりはじめは大へんかなしくて
それからだんだん歓喜になって
最后は山のこっちの方へ
野砲を二門かくして置いて
電気でずどんと実弾をやる
Aワンだなと思ったときは
もうほんものの三途の川へ行ってるですな
ところがこゝで予習をつんでゐますから
誰もすこしもまごつかない　またわたくしもまごつかない
さあパンをおあがりなさい
向ふの山は七時雨

陶器に描いた藍の絵で
あいつがつまり背景ですな

ケンジさんには会話の形の詩作品が何篇かある。寸劇というほど整ってはいなくて、山の中などで実際にあった会話をそのまま採録したような体裁。すぐに思い出すのは、「花鳥図譜、八月、早池峯山巓」という長い作で、これは前後二部に分かれ、前半は森林主事という環境庁のレンジャーのような役人と高山植物の盗掘者の会話、後半はそれを受けての森林主事と農林学校学生の会話になっている。「東岩手火山」の中にも会話の部分がある。ここに取り上げた「国立公園候補地に関する（意見）」もやはり山の中で、会話というよりは一方的な放談だが、ところどころに相槌が隠れているから、相手がいることは間違いない。

二人がいるのは火山の火口の縁。具体的に言うと、岩手山の火口の東側の縁である。従って、火口湖は御苗代湖と御釜湖、温泉は八幡平と網張になる。そして、この鎔岩流というのは一七一九年の噴火の際に溶岩が岩手山東側から流れてできた「焼走り鎔岩流」のことで、長さが二・八キロ、幅も一キロあるというからなかなかの規模だ（これについては「鎔岩流」というそのままのタイトルの作品もある）。ついでに言えば、岩手山については他に

そらの散乱反射のなかに
古ぼけて黒くえぐるもの
ひかりの微塵系列の底に
きたなくしろく澱むもの

という僅か四行ながら水彩の風景画のような傑作「岩手山」もある。そして、岩手山の南東側四キロのところにある鞍掛山という山名からは、「くらかけ山の雪」といういい作品を思い出す。ここで取り上げた詩の舞台となっている山は何度も噴火を重ねた岩手山の古い火口の一部らしいことが

大地獄よりまだ前の
大きな火口のへりですからな

というあたりから読み取れる。Ur-Iwate というのは現存の岩手山のもう一つ前の岩手山という意味。

一九二二年の初夏にケンジさんは岩手山に登ったらしい。この年、彼は二十六歳。ぼくはこの時期の小岩井農場から岩手山のあたりを扱った一連の作品が好きだ。全体にゆったりとして、明るくて、後の時期のような焦りや切迫感がない。岩手山は標高二千メ

ートルを超すから、初夏の晴れた日に登れば頂上付近では空は黒いほど青く、紫外線も強く、釜型の火口の中に消え残った雪は眩しさに煮えているように見えるはずだ。このあたりまでの描写はいかにもケンジさんらしい。

それに対して、後半の奔放さはいったいどういうことだ。このあたりを国立公園にと提唱している主人公は、実はここにテーマパークを造ろうと言っているのである（一九二〇年頃から日本にも国立公園を作ろうという論議が盛んになった）。しかもそのテーマは地獄めぐり。大地獄というのは頂上から西側、御釜湖と御苗代湖のすぐ西にある谷の名である。それをきっかけにこの男はここに地獄ランド建設計画を思いつく（先駆形には「極楽野」という地名も出てきて、これも実在するような書きかただが、地図ではみつからない）。そして、相手にパンを勧めながら、彼は夢想をつぎつぎに具体化して聞かせる。赤い鎗を並べ、凄い枯木をあしらい、毒のある植物ばかりを植えて、おどろおどろしい雰囲気を作る。「東洋風」というのはキリスト教のヘルやインフェルノではなく、仏教にいう地獄ということだが、このあたりの道具立てはたぶんケンジさんの歌舞伎趣味から来ている。

死出の山路のほととぎす
三途の川のかちわたし

は義太夫の文句を思わせる（前半は鳥羽天皇の辞世の歌「つねよりもむつまじきかなほととぎす死出の山路の友と思へば」が踏まえてある）。ちなみに「かちわたし」は川を徒歩で渡ること。

このテーマパークは来た客に地獄めぐりの疑似体験を味わわせる。悪い奴だけ集めて頭を剃るのだから、一種の社会復帰センターなのかもしれない。ともかく訪れた衆生は最後に罪障を清められ、「天国行きのにせ免状」を買わされて、三つ森山（二人が立っている火口の縁からは北東、焼走り鎔岩流の先に見えたはず）でシンフォニーを聞かせてもらう。第二楽章のアンダンテ「やゝうなるがごとく」というのがおかしくて、ぼくは『注文の多い料理店』や『ポランの広場』に登場する山猫のことを思い出した。聞いているうちに聴衆は「死の気持ち」になり

　　はじめは大へんかなしくて
　それからだんだん歓喜になって

ゆく。まるでベートーベンの第九だ。

大変なのはその先。安らかに死を思うようになった会衆はなんと一人残らず電動リモコン式の大砲で殺されて、そのまま本物の地獄へ行く仕掛けになっているのだ。これでは大規模な悪人退治施設ではないか。岩手山の地獄ランドで

予習をつんでゐますから
誰もすこしもまごつかない

と言うけれど、こんな無茶苦茶な話はない。もう一度パンを勧めてもらったって、聞いている方は唖然として手も出ないはず。まったくケンジさんも何を考えているんだか、と言いながら、それでもこちらも愉快な気持ちになる。とんでもない話だけれども、すごくおかしい。どうも人は死というものをひたすら深刻に考えるが、死は扱いかたによってはユーモラスにもなる。悪い奴を集めて「ずどんと実弾」もいいかもしれない。仏教の方ではこれを引導を渡すと言わないか。

（「Aワン」というのがわからない。普通の英語ならば一級品ということだが、その意か？　先駆形ではG1となっていた）

5

宗教者であることと科学者であることは矛盾するか。

今はこの二つは対立しているように見える。アメリカのキリスト教原理主義者たちが学校で進化論を教えることに反対しているなどと聞くと、ぼくたちはつい近代科学と古い迷信のぶつかり合いという図式でこれを見がちだ。

しかし、この二つが対立するようになったのはそう古いことではないし、今後の和解の可能性がないわけでもない。現代科学が唯物論を基にして作った世界図をすべて認めた上で、その全体をスタートさせたのは神だと言えば、宗教は科学を取り込むことができる。物理学で言えば、万有引力定数やプランクの定数など、この世界の最も基本となる定数の数値を今見るごとくに決めてこの宇宙がこのように存在することを許したのは神であると主張しても、その主張自体は物理学と何ら抵触しない。いわば神に天地創造の各論から総論の方へ少しばかり身を引いていただけばそれでいいのだ。

仏教の方はもっと科学に近い。仏教には創造主という概念はないし、救いは基本的には個人の心の内にある。だから修行に意味が生じるのであって、仏教を解脱のための科学と考えることもできる。少なくとも、ケンジさんの中では仏教に精進することと、科学を究めることはまったく矛盾していなかった。簡単に言えば、どちらもが人の幸福に寄与する方途だった。

あるいは、自然そのものに人間を救う力があるという考えかた。人間は自然という名の仏の大きな御腕に抱かれた赤ん坊であって、そのままおとなしく抱かれていればいいものを、現世利益など求めて暴れるからその腕の中から落ちそうになる。暴れる愚かな子をしっかり押さえながら、仏は悲しげに見ておられる……。そういう図式で自分たちを見ることはできないだろうか。

七四〔東の雲ははやくも蜜のいろに燃え〕　一九二四、四、二〇、

東の雲ははやくも蜜のいろに燃え
丘はかれ草もまだらの雪も
あえかにうかびはじめまして
おぼろにつめたいあなたのよるは
もうこの山地〔のどの谷からも〕去らうとします
ひとばんわたくしがふりかへりふりかへり来れば
巻雲のなかやあるひはけぶる青ぞらを

しづかにわたってゐらせられ
また四更ともおぼしいころは
やゝにみだれた中ぞらの
二つの雲の炭素棒のあひだに
古びた黄金の弧光のやうに
ふしぎな御座を示されました
まことにあなたを仰ぐひとりひとりに
全くことなったかんがへをあたへ
まことにあなたのまどかな御座は
つめたい火口の数を示し
あなたの御座の運行は
公式にしたがってたがはぬを知って
しかもあなたが一つのかんばしい意志であり
われらに答へまたはたらきかける、
巨きなあやしい生物であること
そのことはいましわたくしの胸を
あやし〔く〕あらたに湧きたゝせます
あゝあかつき近くの雲が凍れば凍るほど

そこらが明るくなればなるほど
あらたにあなたがお吐きになる
エステルの香は雲にみちます
お丶天子
あなたはいまにはかにくらくなられます

この作品に言う「あなた」が月であることは注意ぶかく読めばわかる。詩人は夜を徹して東に向かって歩きつづけ、今まさに正面に旭日(きょくじつ)を迎えようとしている。背後には一夜ずっと伴侶(はんりょ)だった月が沈みかけている。

詩人は「あなたのよる」の記憶を辿(たど)って、そのさまざまな姿を思い浮かべる。夜半をだいぶすぎた頃には二つの黒い雲の間にかかって、アーク灯のような輝きを見せた（更は夜を五つに分ける時間の単位。四更はその四番目）。表面に無数のクレーターを見せる冷たい天体として、月は静かに夜空を渡る。その運行が「公式にしたが」うこと、すなわち自然科学の支配のもとにあることをケンジさんは認める。しかし、だからと言って、月を見る時にわれわれが感じる神秘の印象、偉大なものの前に立っているという畏(い)怖(ふ)の念、自分が卑小であるという思いに変わりはない。無言でありながら「一つのかんばしい意志」であること、「巨きなあやしい生物」であることは疑いを容(い)れない。ぼくたちの自然観はまさにこの二つの間で、法則に従うものであることと、それでも畏(かしこ)るべきものであることの間で、揺れている。これが健全な自然観というものだ（蛇足ながら、月の表面に多く見られるクレーターは、火口ではなく隕石が作ったものという説の方が今は有力になっている。この詩が書かれてからの七十年の間にそれぐらいは科学も進歩したのだ）。

先駆形の中では、この詩はタイトルも「普香天子」だし、一行目に「お月さま」という呼びかけがあるなど、月であることは明記されている。普香童子は本来は金星のことだがケンジさんはこれを月の意に用いたとのこと。時には「普光天子」とも書いたようだ。

世界宗教と呼ばれるものの成立に際して、先行の原始的な宗教の神格が新体系の中に入り込むのは珍しいことではない。いわゆる啓示の宗教は唯一神を立てて他を排除することで広大な普遍性を獲得するのだし、仏教の場合も緻密な教義の体系が唯一神の役割を果たしていると言えるけれども、古い宗教から回心した人々にすればそれまで信じてきた神々を捨てるのは忍びない。そこで新しい宗教の中に古き神々が二級の神格として組み込まれる。かくてカトリックは龍を退治する聖ゲオルギウスのような、いかにも神話の色の濃い聖者を多く擁することになり、仏教にもさまざまな童子や天子や明王や仁王が居並ぶ。

ケンジさんは「月天子」という別の詩では科学的な自然観と宗教的な自然観が互いに矛盾しないことをもっとはっきりと言っている。

私はこどものときから
いろいろな雑誌や新聞で
幾つもの月の写真を見た
その表面はでこぼこの火口で覆はれ
またそこに日が射してゐるのもはっきり見た
后そこが大へんつめたいこと
空気のないことなども習った
また私は三度かそれの蝕を見た
地球の影がそこに映って
滑り去るのをはっきり見た

という風に、詩人は科学的な月の像をつぎつぎに羅列してゆく。その先で、見事な逆転が来る――

しかもおゝ
わたくしがその天体を月天子と称しうやまふことに
遂に何等の障りもない

この逆転の中に、科学と文学と宗教のすべてを包み込む大いなる原理がある。百人の天文学者の百年に亘る観測の成果をまとめた結果の法則を、信じる者は「しかも」や「にもかかわらず」の一語でひっくり返すことができる。ひっくり返すのではなく、それをも含むより大きな系を観念思考だけで作るのだ。

現在の知見によれば、月は地球から平均約三八万キロのところを巡る赤道半径一七三八キロの冷えた岩塊であり、既に一度ならず人間によって踏まれた地面であり、この宇宙に数えきれないほどある天体の一つにすぎない。しかしながらこれは、ただその前に立って仰ぎ見るだけで人間という存在の卑小と宇宙の広大無辺を思い知らされる強烈強固な存在であるのだ。

ケンジさんはしばしば人間社会の外に救いの原理を求めた。時には『銀河鉄道の夜』のように地球の外に出ようとした。人間の視線の届く範囲はあまりに狭く、人間の知恵から生み出される判断はあまりに身勝手で、それに任せていたのでは人間自身が幸福になれないばかりか他の動物植物にも害を及ぼす。つまり、われわれの中に自律的にして十全なる生の原理はないのだ。自分というものを正しく運営するための知恵の九九パーセントまでは備わっているとしても、それでは足りない事態が必ずやってくる。残る一パーセントがないためにすべてが崩れる（その数値が九九対一であって六五対三五でないから、人は騙され、自己過信の罠に何度となく陥ってきたのだが)。

足りない分を外に求める。この場合で言えば、自然そのものであるところの月に悟りの契機を求める。地球の外に出て、自分たちを振り返る。自然という偉大なる存在に対して昔から持っていた畏怖の念を思い出す。『狼森と笊森、盗森』では百姓たちは自然に許可を求めながら一歩ずつ開拓を進める。

宗教と科学の対立などと簡単に言ってしまってはいけない。宗教は多くの人を一方向へ駆動する力強くて危険な装置であって、実際にはさまざまな宗教がある。人間は自然に優越すると「神に」教えられれば、人は自然を征服しにかかる。十九世紀から二十世紀にかけて、欧米のキリスト教は自然に対してあまりに攻撃的であったとぼくは思う。宗教一つ一つの内容をわれわれは見極めなければならない。月を仰ぐ姿勢を持つケンジさんの宗教は決してそのように傲慢なものではなかった。

6

人はみな可能性の束である。未来はいつだって未定であって、自分が先の日々にどうなっているかはわからない。可能性の束の中から人はなるべくよい道を選ぶようにする。ケンジさんは若くして国柱会の宗教活動に傾倒し、農学校の教師を経て羅須地人（らすちじん）協会という会を作り、生涯独身で過ごし、文学の上では童話と詩（すなわちここでぼくたちが読んでいる「心象スケッチ」の類）に力を注いだ。言い換えれば、別の道、東京に出て出世することや、親の商売を継ぐこと、異性と一緒に暮らすこと、子供を育てること、当時の文学者の多くが書いていたような小説を書くことなどの道を捨てたわけだ。だから、この人の作品を読んでいる途中で、時にその別の道、別の可能性を示唆するようなものに出会うと、そちらに行っていたらどうなっていたかと想像をそそられる。この詩などはどうだろう――

一〇七一〔わたくしどもは〕　一九二七、六、一、

わたくしどもは
ちゃうど一年いっしょに暮しました
その女はやさしく蒼白く
その眼はいつでも何かわたくしのわからない夢を見てゐるやうでした
いっしょになったその夏のある朝
わたくしは町はづれの橋で
村の娘が持って来た花があまり美しかったので
二十戔だけ買ってうちに帰りましたら
妻は空いてゐた金魚の壺にさして
店へ並べて居りました
夕方帰って来ましたら
妻はわたくしの顔を見てふしぎな笑ひやうをしました
見ると食卓にはいろいろな菓物や
白い洋皿などまで並べてありますので
どうしたのかとたづねましたら
あの花が今日ひるの間にちゃうど二円に売れたといふのです
……その青い夜の風や星、
すだれや魂を送る火や……

そしてその冬
　妻は何の苦しみといふのでもなく
　萎れるやうに崩れるやうに一日病んで没くなりました

　これはそのまま短篇小説だとまずぼくは思った。ある男が、一年だけ一緒に暮らすことができた妻との日々の中で最も深く心に残ったエピソードを報告する。他ならぬケンジさんが女性と一緒に暮らす話を書いたということにぼくたちはついつい興味を抱く。この人の場合、詩はもちろん童話の中にも夫婦とか同棲とか、そういうテーマはまず出てこない。オペレッタ風に仕立てられた『シグナルとシグナレス』の純愛はあるし、虚栄と嫉妬が悲劇的な破局に至る『土神ときつね』の激情もあるけれども、男と女が普通に愛し合って一緒に暮らすという話は珍しい。

　そのためだろうか、この詩では二人の仲はなるべく淡く、静かなものと見えるように工夫されている。二人が共に暮らしたのはたった一年だったし、相手の女性は

　やさしく蒼白く
　その眼はいつでも何かわたくしのわからない夢を見てゐるやう

だというのだから、これは現世的な面の薄い、生活感のない人である。しかも彼女は一

年の後にふっと消えるように

何の苦しみといふのでもなく

萎れるやうに崩れるやうに一日病んで没くなるのだ。この二人が貧しいという設定も全体の印象をただあえかなものにするのにだけ役立っている。語り手は「あまり美しかった」花を「二十戔だけ買」うのだし、妻はそれを花瓶ではなく「空いてゐた金魚の壺」に生ける。

ここでいきなり話が経済活動にシフトするから、この作品は単なる叙情的な思い出の範囲を超えて短篇小説風になる。意外性は詩ではなく小説の仕掛けである。花があまりに美しいから買ったのだという以上、語り手はこれを家の中に飾ろうと思ったのだろうが、妻はそれを店に並べて売り物にする（店をやっていたのだ）。この意外性は笑えるし、この花が買値の十倍で売れたことはもっとおかしい。では、彼女はそれで

いろいろな菓物や

白い洋皿などまで

買って、この成果を得意そうに誇るのではなく「わたくしの顔を見てふしぎな笑ひやう

を」するのはなぜか。

彼女にとって花が十倍の値で売れてしまったことはほとんど偶然であり、いわば僥倖(ぎょうこう)である。いそいそと果物や洋皿を買ったのだから嬉(うれ)しいのだろうが、嬉しい以上におもしろがっている風である。店をやっていること、夫が気に入って買ってきた花を売り物にしてしまうこと、そういう現実的な面をケンジさんはなるべく薄めようとしている。花が売れたのは「魂を送る火」の日、つまりお盆だからだということも直接の表現を避けて伝える。全体の印象をなるべく淡く、はかなく、描こうとする。踏み込みそうで踏み込まない。文体には強調の副詞がほとんどなく、否定に通ずる消極的な表現が多い。これを読みながら、ぼくはつい竹久夢二の絵や文章を思い出したものだ。

ここで読者の方が勝手にもう一歩踏み込んで小説的に解釈すれば、花があまりに美しいからと買ってきた私の心の動きに、妻はその花を売っていた「村の娘」に対する瞬間の好意ないし恋情を読み取ったのかもしれない。ケンジさんの書いたものに出てくる娘たちはみな潑剌(はつらつ)として、健康的で、魅力がありながら手を触れえない存在である。それが若い女たちに対するこの人の基本姿勢だったのだろう。しかし、妻というものは若い女たちを警戒の目で見る。この場合も夫の僅(わず)かな心のゆらぎを見てとって、いわば懲罰的に、買ってきた花を売り物にする。それが十倍に売れて「ふしぎな笑ひやうを」するのはそのためかもしれない。詩ではなく短篇として書いて、この女性の性格を豊かに描写して、一瞬の嫉妬の情が経済行為に転換され、しかもそれが幸運をもたらすという意外性を書けば、これはなかなかいい短篇になっただろう。しかし、もちろんケンジさんはそういう道を選ばなかった。

ぼくは詩や小説を読む時に作者の人生をいちいち引き合いに出して解釈することを好まない。一つの人生を伝えるために作品があるわけではない。作品は人生から独立してある。作品の細部を解く鍵(かぎ)を人生の側に探すという姿勢はどうにもゴシップ趣味で、ものほしげに見えて、好きでないのだ。だからこうやってケンジさんの詩を読みながらも、なるべく彼の人生には入らないようにしている。一方的な興味でこの人に迫らないようにしている。ましてこの人の生きかたを後世の目で批判しようなどとは思いもしない。

しかし(ということになるだろうが)、この作品を見ていると、ケンジさんの中には普通の女性観、俗な人間関係への視点もなかったわけではないという思いがして、一種安心するのだ。実際にはなかなか鋭いものだと感心する。もっと言えば、わかっているじゃないですかとからかいたくなる。その一方で、こういうものを多くは書かなかったことを喜びもする。こんなものならばもっとうまい奴がたくさんいる。なにもケンジさんが書く必要はない。泥の中で暮らした連中が書けばいいのだ。あるいは、無頼詩人たちを支えた薄幸の女性が思い出を語ればいいのだ。そう考えて、ケンジさんにこの種の作品が他にほとんどないことをぼくは嬉しく思う。

この詩が書かれたのは一九二七年の六月のはじめだが、そのちょうど一年の後、ケンジさんは東京から伊豆(いず)大島へ旅をしている。この島に住む兄妹が前に花巻を訪ねてきたことがあって、そのお返しにこちらから出向いたというところ。具体的な理由は、この兄妹の兄の方が大島に園芸学校を作ろうと考えていたのでそれに対する助言ということである。

しかし、もともとこの人が以前に妹を連れて花巻に来たのはケンジさんとの見合いという含みがあり、それを受けてケンジさんが大島まで行ったのはこの話を頭から断るつもりがなかったからだろうと推測される——という風なゴシップを書きながら、どうにもぼくは居心地が悪い。彼の人生に踏み込まざるを得なくなるのは嫌なのだ。「心象スケッチ」だから日々の心の動きが反映されるのは当然だが、その中に個人的なるものを超えた普遍の思惟がたっぷりと含まれているのがこの人の魅力である。感情のレベルに降りるのはどうも気がひける。いずれにしてもこの話は実らないまま終わり、この旅行を機に「三原三部」という連作が書かれた。その中に、たとえば次のような聯がある——

なぜわたくしは離れて来るその島を
じっと見つめて来なかったでせう
もういま南にあなたの島はすっかり見えず
わづかに伊豆の山山が
その方向を指し示すだけです

たうたうわたくしは
いそがしくあなた方を離れてしまったのです

せっかく「あなたの島」とまで書きながら、四行先では「あなた方」と薄める。こうやって臆（おく）するところがケンジさんという人の性格なのか。やはりこちら方面には立ち入らない方がいいようだ。

7

ケンジさんの作品を読むに際しては、いくつかの陥穽に気をつけなければならない。この人を聖者と祀りあげるのが間違いというのはよくわかっているが、作品を読む喜びと謎解きの楽しみを混同してはいけないというのも重要だ。

生きている間はほとんど無名で、死んでから名が高くなった人の場合、その生涯をたどりなおすのは容易ではない。本人が綿密な日記でも書いていてくれればともかく、そういうものがない時は推測を重ねてその人生を再構成しなければならない。この作業はしかしおもしろいのだ。人はしばしばこれが作品解釈の上で本当に必要であるか否かを真剣に問うことなく、これに没頭する。

しかも、ケンジさんの作品群の中に完成を宣言されたものは少ない。「心象スケッチ」を読むとなると、本当に簡単なスケッチから綿密な推敲を経たテクストまで、いくつもの段階が混乱のままに提供される。素人のファンがただ楽しみのために読むのでも、年譜の記載と作品の関係、時代背景、それにテクスト同士の関係などを一通り理解するだけでずいぶん多くの謎を解いたつもりになれるし、その過程を楽しむこともできる。しかしこれは作品そのものを読むのとは少し違うことだ。それに淫しないように気をつけなければならない。

よき作品は書かれた状況などを知らない者にも訴える力を持っているはずなのだ。本当は完成されたテクストだけを提出して、詩人自身は背後に消えた方がいい。しかし、作品の完成に費やすべき時間を次の作品を生むことにふりむけざるを得ないほど言葉の湧出(ゆうしゅつ)量の多い詩人もいる。完成には意味はない、大事なのはその時々のひらめきを記述して、推敲して、ある段階まで持ってゆくことだという考えもある。すべての詩は途上にある。完成を宣言するのは堕落かもしれない。

一九二五年の一月初旬、ケンジさんは三陸を巡る旅に出た。一月の五日に花巻を出て、九日に戻っている。あしかけ五日間の小さな旅。この間に少なくとも初稿が書かれた作品が六つある。みな旅の体験を元にしたものだ。しかし、ケンジさんが書いたテクストの状態をなるべく忠実に再現しようとしている筑摩版全集の配列からこの六つの作品を拾いだすだけでもなかなかの作業だ（それぞれのテクストは途中の異稿の類を交えて、数巻からなる全集の詩の巻の数箇所に、ケンジさんの手書きのノートの形をなるべく反映する形で、しかし結果としてはまことに雑然と、収められている）。

六つとは具体的には――

「三三八　異途への出発」

「三四三　暁穹への嫉妬」

「三四八〔水平線と夕陽を浴びた雲〕〔断片〕」
「三五一　発動機船〔断片〕」
「三五六　旅程幻想」
「三五八　峠」

であり、この中の「三五一　発動機船」は『春と修羅　第二集』にあるのはわずか四行の断片で、『春と修羅　第二集補遺』の方に三つのパートからなる「発動機船」がある。今回はこの一連の作品を読んでみることにしよう。

さて、ケンジさんの冬の旅、出発は一月の五日、つまり正月は明けたが冬休みはまだ残っているという時期である。前後六年にわたる花巻農学校の教師の時期の最後の方、退職して羅須地人協会を設立する十三か月前のことだ。ちなみにこの時ケンジさんは二十九歳だった。こういうことを書きながら、ぼくはやはり謎解きの誘惑に負けていると自分で思う。まずはこの時の旅をできるかぎり再現したいという気持ちが強い。もともと旅が好きなのだから、他人の旅にも関心がある。

最初のうちは元気がない。まるでシューベルトの『冬の旅』のよう。このシリーズの最初の作品のタイトルは「異途への出発」。普通の旅でないということを当人は知っているわけだ。寒い一月の岩手で、この時期にただの物見遊山で三陸には行かないだろう。だいたい三陸というのは、今はともかく昔はなかなか暮らしが成り立たない土地として知られていた。ケンジさんが生まれた一八九六年、彼の生誕の二か月ほど前には三陸は大きな津波に襲われて死者一万八千人を出している。冷害による凶作も少なくなく、ケンジさん九歳の一九〇五年には岩手県全体の作況指数は三三、それが三陸海岸では一〇を切ったという。平年の一割しか作物が採れないのでは農家は立ち行かない。

みんなに義理をかいてまで
こんや旅だつこのみちも
じつはたゞしいものでなく
誰のためにもならないのだと
いままでにしろわかってゐて
それでどうにもならないのだ

（三三八　異途への出発）

だから暗い出発だと言うのだ。まるで誰かと口論をしたあげく出てきたような感じ。

少し真剣にケンジさんの詩を読む時に欠かせない『宮澤賢治語彙辞典』は、この時の旅程を、花巻―久慈―下安家―羅賀―宮古―釜石―花巻と推定している。一応これに沿ってみれば、と書いて、当時の交通機関について何も知らないことにはたと気づく。花巻から久慈まではどう行ったのか。東北本線の沼宮内駅から三陸海岸の久慈までは葛巻を経由して五〇キロ以上ある。一度車で走ったことがあるけれども、山また山を越えてなかなかの道だ。大正末期にバスの便があったとも思えない。雪の平庭峠はとても越えられなかっただろう（このコースは古来三陸産の塩を牛の背に乗せて内陸に運ぶ「塩の道」だった。今もその道の跡が残っている）。しかし、この旅の前の年にあたる一九二四年には八戸線が八戸から種市まで延びている。交通機関の開通は人を旅に促すから、これを使えば久慈から二五キロのところまで行ける。あるいはケンジさんはこれを利用して種市まで行ったかもしれない。残る二十数キロは天気がよければ歩いたとも考えられるし、馬橇に便乗するとか、船を使うという手もある。

出発に際しては「誰のためにもならない」旅だと言いながら、実際に旅に出れば、次第に解放されて明るくなってゆく。つまりこれは成功した旅である。

薔薇輝石や雪のエッセンスを集めて、
ひかりけだかくかゞやきながら
その清麗なサファイア風の惑星を
溶かさうとするあけがたのそら
さっきはみちは渚をつたひ
波もねむたくゆれてゐたとき
星はあやしく澄みわたり
過冷な天の水そこで

青い合図（wink）をいくたびいくつも投げてゐた
それなのにい〔ま〕
（ところがあいつはまん円なもんで
リングもあれば月も七っつもってゐる
第一あんなもの生きてもゐないし
まあ行って見ろごそごそだぞ）と
草刈〔が〕云ったとしても
ぼくがあいつを恋するために
このうつくしいあけぞらを
変な顔して　見てゐることは変らない

（三四三　暁穹への嫉妬）

という具合に夜明け前のひんやりと美しいイメージが並べられる。全体に軽妙で、「合図」に wink というルビを振るあたり、はしゃいだ様子と言ってもいい。それに草刈という謎の人物も登場するし、話題は土星への恋である。なんともロマンチックではないか（土星には今は五十以上の衛星があることがわかっている。そのうちの四つは一九八〇～八一年にＮＡＳＡの惑星探査機「ボイジャー」が見つけたものだ。ケンジさんの時代にも九つまでは見つかっていたはずだから七つというのは記憶違いかもしれない）。

いちど旅に出てしまえば、やはり日常から離れて、星を見る喜びなどもある。

久慈から先は船に乗った。そこから「発動機船」という小さな三部作が生まれたのだが、これの「一」は本当にいい。情景を描いて一種の幸福感を伝える詩としてよくできている。少し長いが全文引いてみよう。

発動機船　一

うつくしい素足に
長い裳裾をひるがへし
この一月のまっ最中
つめたい瑯玕の浪を踏み
冴え冴えとしてわらひながら
こもごも白い割木をしょって
発動機船の甲板につむ
頬のあかるいむすめたち
……あの恐ろしいひでりのために
みのらなかった高原は
いま一抹のけむりのやうに

　この人たちのうしろにかゝる〔……〕
赤や黄いろのかつぎして
雑木の崖のふもとから
わづかな砂のなぎさをふんで
石灰岩の岩礁へ
ひとりがそれをはこんでくれば
ひとりは船にわたされた
二枚の板をあやふくふんで
この甲板に負ってくる
モートルの爆音をたてたまゝ
船はわづかにとめられて
潮にゆらゆらうごいてゐると
すこしすがめの船長は
甲板の椅子に座って
両手をちゃんと膝に置き
どこを見るともわからず
口を尖らしてゐるところは
むしろ床屋の親方などの心〔持〕

そばでは飯がぶうぶう噴いて
角刈にしたひとりのこどもの船員が
立ったまゝすりばちをもって
何かに酢味噌をまぶしてゐる
日はもう崖のいちばん上で
大きな榧の梢に沈み
波があやしい紺碧になって
岩礁ではあがるしぶきや
またきららか〔に〕むすめのわらひ
沖では冬の積雲が
だんだん白くぼやけだす

冬の港で素足で薪を運んでいるのだから、なかなか大変な労働だと思うけれども、それでも「むすめたち」には明るい笑いがつきまとう。それにうながされるようにしてケンジさんの筆も動き、昨年の旱魃の記憶もやがてうすれる気配（〔三四八　〔水平線と夕陽を浴びた雲〕〔断片〕〕には「さっきのいちばんきれいなむすめが投げたのだ」という一行まであって、詩人はもう潑剌とした少女たちにすっかり夢中という気配である）。「こどもの船員」というのはつまりカシキ（炊事係）なのだろうが、その子が何かの酢味噌和えを作っているというのが妙に日常的でおかしい。船の上には陸上を離れた解放感があると同時に別の秩序に属する日常がある。それが旅というものだ。ケンジさんはこの旅の二重性を正確に捕らえている。

この幸福な船旅はまだまだ続く。具体的な地名として羅賀とか魹の崎（現行の表記では魹ヶ崎）などが出てくる。船員たちは着実に船を進め、一種の高揚感のうちに新しい風景と光景が目の前に展開される。鉛のラッパを吹く船長とか、港でもないところで伝馬船から積み込まれる怪しい樽。そして最後に釜石で上陸。

あゝ冴えわたる星座や水や
また寒冷な陸風や
もう測候所の信号燈や
町のうしろの低い丘丘も見えてきた

（発動機船　三）

すべての旅には終わりがある。解放の旅であったからこそ、帰途には何か不安なものがつきまとう。それを経なければ家にはたどりつけない。そういう旅に出た人の心理が巧みに描写されているから、このシリーズは地味ながらも優れた作品であるのだ。あるいは海と船が解放感を生んだのかもしれない。船を降りて陸地を歩くようになると、生きることの困難がまた迫ってくる。ただし、それが抽象的なままにとどまるところがこの人の詩のいいところで、どれほど感情を込めた場合でもその感情と作品の間には気品ある距離が保たれる。

三五六　旅程幻想　　　　　　　一九二五、一、八、

さびしい不漁と旱害のあとを
海〔に〕沿ふ
いくつもの峠を越えたり
萱の野原を通ったりして
ひとりここまで来たのだけれども
いまこの荒れた河原の砂の、
うす陽のなかにまどろめば、
肩またせなのうら寒く
何か不安なこの感じは
たしかしまひの硅板岩の峠の上で
放牧用の木柵の

楢の扉を開けたまゝ
みちを急いだためらしく〔〕
そこの光ってつめたいそらや
やどり木のある栗の木なども眼にうかぶ
その川上の幾重の雲と
つめたい日射しの格子のなかで
〔〕何か知らない巨きな鳥が
かすかにごろごろ鳴いてゐる

生きることの困難はまず「不漁と旱害」という言葉で表される。切実ではあるが、しかしこれは今身近にあるわけではない。遠い他人の問題。身近にあるのはもっと曖昧な不安。しばらく歩いた後で休憩してうつらうつらしているのに、冬の昼間の淡い日射しのうら寒さとは別に、何か不安に似たものが心の底の方に沈んでいる。それが何かと自分で探ってゆくうちに、越えてきた道のりの途中でなすべきことをせずに来たことに思いあたる。放牧用の柵を閉め忘れたのだ。

海の上には境界はない。海の上に線を引くことはできない。しかし地上は多くの境界によって区分され、それを表示するために柵やら塀やらが作られる。今、ケンジさんは旅人という非日常の身分でそれらの境界を越えて進んでいるけれども、それは一時的なこと、日常に戻れば自分の境界の中、自分の埒の中で暮らす普通の人になる。そういう移動者から定住者への身分のシフトの予感がこの柵の閉め忘れの不安になったのではないか。

もう一歩踏み込めば、定住者に対して旅をしている者が抱く後ろめたさのような気持ちも働いていたかもしれない。もちろん、放牧用の柵を通った後で閉めるのは通行者にとって絶対の義務である。牧場は広いように見えるけれども、家畜はいつだって管理されている。どの区画の草をどれだけ食べさせるか、精密で微妙な計算がある。だいいち、広い大地を柵で囲わなければ牧畜は成立しない。

実際の話、旅の者がうっかり柵を閉め忘れて通った後で家畜が逃げ出したとすれば、牧場主の方はずいぶんな手間をかけてそれを集めなければならない。場合によっては家畜が谷に落ちたり沼にはまったりする事故も起こりかねない。そのいちばんいい例をケンジさんは『風の又三郎』で書いている。逃げた馬を追う場面の切迫感がこの作品の中心になっている。だから、家畜が逃げる事態を想像すればうかつなことをした旅人は不安にもなるだろう。しかし一時間二時間歩いた後で同じ道を戻るのは容易でない（一時間歩いてから気づいて戻ったとすれば往復で二時間のロスになる）。冬なのだから夕暮れが迫っていれば宿の問題も生じる。具体的にはそういうことだが、それがすべて抽象的な淡い不安として心の底の方にたゆたっている。そこにうす陽が射して、周囲には誰もいない。柵のあたりの情景がずいぶんはっきり思い出される。

それでも不安が淡いのは、風景を構成しているのがみな詩人にとって親しいものだからかもしれない。彼は実はよく知っている居心地のいい世界にいるのだ。硅板岩ないし硅板岩礫はいわゆる燧石であって、ケンジさんは他の場所では「いきいし」という古風な読みをしている（「黒い硅板岩礫を持ったりして／みんな昔からねむったのだ」という表現が「夜」という作品にある）。彼が石が好きなのは周知の事実だ。また「つめたいそら」もいつもながらの表現だし、「やどり木のある栗の木」もケンジさんの世界ではしばしば見かけるものだ（やどり木は『水仙月の四日』という傑作の中でとても重要な象徴的な鍵の役割を果たしている）。

なおも残る不安感が「かすかにごろごろ鳴いてゐる」巨きな鳥なのだろうか。不安は本当に旅程の過去の側にあるのだろうか。戻ったところからはじまる日常の方は、「みんなに義理をかいてまで」旅に出てきた始末は大丈夫なのだろうか。

旅の最後の部分は汽車である。この当時は岩手軽便鉄道、つまり今の釜石線はまだ釜石まで届かず、花巻と仙人峠を結ぶだけだった。ここでもう少し詮索をすれば、堀尾青史の『年譜宮澤賢治伝』はこの一九二五年一月九日の項に「十二時三十五分仙人峠発、岩手軽便鉄道で午後七時四十五分帰花」と記している。しかしこの間はたった六〇キロ、今の時刻表で一時間半の距離であって、これは当時もそう違っていたとは思えない。ケンジさんはどこかで途中下車して遊んで帰ったのだろうか。

8

ケンジさんの科学は目の前の自然から始まっている。近代的な教育施設で科学を学ぶことの問題の一つとして、自然学であるはずの科学を自然そのものから遠いところで理解しようとするということがある。花一輪も種から育てたことがない者が植物学を習得しようとするのはやはり間違っている。紙の上で理論を操作する前に感覚で自然の質感を知っていなければならない。その意味で、ケンジさんの科学はまず土の触感、匂い、石の形と重さと艶（つや）と色、季節ごとの山の植物の姿から出発していて、いわば分業前の全人格的な自然学になっている。

その上、想像力の働きで自在にスケールが変わる。科学に体験は大事だが、体験のレベルから離陸できないものは遂（つい）に科学ではない。科学を踏まえた上で想像によって自分のいる位置を、花巻郊外の野原から小岩井農場、岩手山の頂上や北上山地の上空、はては銀河系の先までも移す。そういう思考実験を楽しむ。だから、「新らしい時代のコペルニクスよ／余りに重苦しい重力の法則から／この銀河系統を解き放て」と呼びかけることができる（「〔生徒諸君に寄せる〕」）。

葱嶺(パミール)先生の散歩

気圧が高くなつたので
昨日固態の水銀ほど
乱れた雲を弾いてゐた
地平の青い膨らみも
徐々に平位を復するらしい
しかも国土の質たるや
それが瑠璃から成るにもせよ
弾性なきを尚ばず
地面行歩に従つて
小さい歪みをつくること
あたかもよろしき凝膠(ゲル)なるごとき
これ上代の〔天〕竺と
やがては西域諸国に於ける
永い夢でもあつたのである
向ふかがやく雪の火山のこつち側
何か播かれた四角な畑に

鉋屑製の幢幡とでもいふべきものが
十二正しく立てられてゐて
古金の色の夕陽に映え
いろいろの風にさまざまになびくのは
たしかに鳥を追ふための装置であって
別に異論もないのであるが
それがことさらあの高山を祀るがやうに
長短順を整へて
二列正しく置かれたことは
ある種拝天の遺風であるか
山岳教の余習であるか
とにかく誰しもこの情景が
単なる実用が産出した
偶然とのみ看過し得まい

古金の色の夕陽と云へば
きみのまなこは非難する
どうして卑しい黄金をばとって

この尊厳の夕陽に比すると
さあれわたしの名指したものは
今日世上交易の
暗い黄いろなものでなく
遠く時軸を溯り
幾多所感の海を経て
竜樹菩薩の大論に
わづかに暗示されたるたぐひ
すなはちその徳いまだに高く
その相はなはだ旺んであって
むしろ流金（クイックゴールド）ともなすべき
わくわくたるそれを云ふのである

さう亀茲国の夕陽のなかを
やっぱりたぶんかういふ風に
鳥がすうすう流れたことは
出土のそこの壁画から
ただちに指摘できるけれども

沼地の青いけむりのなかを
はぐろとんぼが飛んだかどうか
そは杳として知るを得ぬ

ケンジさんはまず、地面というものに弾性が足りないと考える。この作品の冒頭に書かれた理想の世界では、大気圧に応じて地面が上下するほど大地はしなやかである。「〔生徒諸君に寄せる〕」で重力定数を変えたいと願ったのと同じように、大地の剛性を変えたいと思う。歩くだけでしなうような地面が欲しいという。実際には海面は大きな台風などの時は気圧が低い分だけ吸いあげられて（つまり他の海域が標準な大気圧で押し下げられていることの補償として）、上がっているという。地面についてもそれが起こるというのがこの詩の世界であって、このあたりがケンジさんの科学を踏まえての想像の実態である。

そのしなやかな大地が古代のインドや西域の人々の夢であったとするところから、話はパミール高原へ飛ぶ。ケンジさんに西域趣味とも呼ぶべき性向があったことは広く知られている。童話でいえば『インドラの網』や『雁の童子』その他、詩の方でも多くの作が西域を舞台にしている。すべての憧憬の前には知識があるとすれば、ケンジさんの西域へのあこがれの元の少なくとも一つは大谷光瑞が主宰した西域探検隊の報告である。浄土真宗の法主にして優れた仏教学者であるこの人物は一九〇二年から一九一四年にかけて都合三回の探検隊を送りだしている（本人が同行したのは一回目のみ）。

山崎正和が「不機嫌の時代」と呼んだこの時期、日本は国内に多くの問題を抱えていた。近代化の成果があまりに多くの弊害を伴うことに気づいた知識人たちにとって、海外に目を向けることは一種の救いないし精神の休息となっただろうし、大谷探検隊の場合、その対象とする土地がいわゆる列強とは無縁な中央アジアであったことはいよいよ爽やかな印象を与えたことだろう（一例として一九〇六年発表の「三高逍遥の歌」の歌詞、「通える夢は崑崙の／高嶺の此方ゴビの原」がある）。自分たちはアジア人であるという、反西欧の感情を底に秘めた自覚は、岡倉天心を待つまでもなく、一種の誇りを当時の人々に与えた。しかもケンジさんは仏教徒であったから、この地域への関心はいよいよ強かったはずだ。一九一一年八月を第一回としてケンジさんは何度か僧にして学者である島地大等の講義を聞いて感激している。島地大等は第一次の大谷探検隊のメンバーの一人である。

ここでたとえば一九一五年（ケンジさんは十九歳）に刊行された『西域考古図譜』あたりを見れば、鉋屑のように細く長い吹き流しの形の旗が十二旒きちんと二列に並んで風に靡いている写真か何かがあるのかもしれない（この「葱嶺先生の散歩」の先駆型と思われる「亜細亜学者の散策」では幢幡つまり旗の数は八旒である）。ただし、大事なのはそこに「鳥を追ふ」という実用的かつ農民的な目的と同時に、上天信仰・山岳信仰の名残をも見いだそうとしているところだ。ぼくは先年ネパールの奥地でチベット仏教における風と旗の関係に心を動かされた者だから、このケンジさんの見かたを全面的に認めたい気持ちになる。

次の聯(れん)。旗について述べている時にたまたま「古金の色の」という言葉を使った。それを咎(とが)める「きみ」は太陽を尊んで黄金の世俗を嫌う、ほとんどケンジさんの分身ともとれる人物である。この聯はこの非難への弁明に終始している。通貨としての黄金ではなく、仏典『大智度論(だいちどろん)』に出てくる表現を踏まえての言葉づかいというのが弁明の具体的内容。思想としての融通無碍(ゆうずうむげ)の流通性を伝えるためにケンジさんは英語で水銀を「流れる銀(クイックシルバー)」と呼ぶことをもじって「流金(クイックゴールド)」という言葉まで造っている。

しかしここはなぜ会話体なのだろう? ここだけではなく、「心象スケッチ」には会話の形をとった部分が少なくない。いちばん普通に考えれば、演劇的・小説的な思考の習慣が詩にも及んだということ。それを超えて、なかなか知的に対等の友人を持ちえなかったケンジさんの自問自答と解釈してみたい気もするが、今は一応宿題としておこう。

最後の聯、「亀茲国」はクチャ国、天山山脈の南側にあるオアシスの一つに成立した小さな国家である。石窟(せっくつ)壁画が見つかっていて、大谷探検隊も行っている。この聯もいかにも写真か図を目の前にして作られた感のある視覚的な内容である。遺跡によって、画像によって、はるか昔を知ることができる。そこまでは科学。しかし残らなかったものを知るには想像力に頼るしかない。唐突に出てきた「はぐろとんぼ」は、見たいもののすべてを見られない考古学へのケンジさんの苛立(いらだ)ちを担って「沼地の青いけむりのなか」から飛来したのではないか。

9

宮澤賢治の詩に多く登場する風景要素といえば、天であり、山であり、畑であり、林である。改めて考えてみると、室内を扱った詩はほとんどない。詩人はいつでも屋外に出て、地面に立ち、頭上に空をいただき、目は遠方の山か林を見ている。これが基本の姿。古来これほど外にいた詩人は少ない。松尾芭蕉（ばしょう）といい勝負だと思うが、芭蕉は和歌の教養を背負って家の外に出た。歌枕を実際にたずねるという平安歌人が思いもしなかった奇策に依（よ）って、いわば和歌を一つ一つ実地に即して歌いなおしていった。対決の姿勢というに近い。

ケンジさんは現代の知識人の教養を身につけているけれども、それを自在に用いるだけで縛られはしなかった。「七四一　白菜畑」で、「霜がはたけの砂いっぱいで／エンタシスある柱の列は／みな水いろの影をひく」と畑に並ぶ白菜をギリシャの神殿の柱になぞらえはしても、この寸づまりで太い柱の列は実にユーモラスで軽い。全体にこの人にあって教養は軽いのだ。

風景要素といえば、ケンジさんの詩になかなか出てこないものとして海がある。それは当然の話で、なんといっても花巻も盛岡も内陸部であったし、ケンジさんは農夫（志望）であって漁夫ではなかった。海は彼にとって稀（まれ）に遠方に見るもの、あるいは船の上で数時間体験するものにすぎなかった。「津軽海峡」と「一一六　津軽海峡」、あるいは挽歌（ばんか）「宗谷挽歌」の海は船の上から見たもので、その暗い印象はいかにも北の海、それが挽歌という形式と一致している。海そのものはいわば背景としての役割を誠実に果しているだけでそれ以上は仕事がないというところ。

それよりは見えない海がいい。

高原

海だべがど、おら、おもたれば
やっぱり光る山だたぢやい
ホウ
髪毛（〔か〕みけ）　風吹けば
鹿（しし）踊りだぢやい

この詩を読むには少し予備知識がいるかもしれない。山々は隆起した直後は険峻（けんしゅん）でごつごつしているが、浸食が進むにつれて次第に丸く穏やかになる。更にそれが進むとやがて山同士がなだらかに連なって、全体としては波のうねりのように見えるに至る。この状態を準平原と呼ぶ。北上山地はそうしてできた準平原全体がまた隆起して造られた地形で、実際少し高い尾根に立ってみると、山々の連なりは波を連想させる。その山々の彼方に一点光るものがある。それが遠方の本物の海であるのかと一瞬錯覚する。そこへ風が吹く。髪がそよぐ。その動きが鹿踊りの割竹の動きのように思われる。はるか遠い天末線のあたりに向かっていた視線が、いきなり自分の（あるいは低い山頂に並んで立つ誰かの）髪というごく近いところまで戻ってくる。その運動感が心地よい。しかし、ここでは海は見えない。

宮澤賢治が初めて海を見たのは一九一二年（明治四十五年）、県立盛岡中学校四年生の修学旅行の際だったらしい。今のように遊び半分の旅行などなかなかできない時代だから、三陸海岸の出身者を除く同級生のほとんどにとって、この時が海との最初の出会いであったのではないか。この時の旅程は、一行八十四名でまず一関まで汽車で行き、そこから北上川の岸にある狐禅寺というところまで四キロを徒歩で踏破、岩手丸という七〇トンの汽船に乗って石巻まで川を下る。

石巻で一泊、翌日荒れる海を船で渡って松島に向かう。その後で再び東に戻って金華山へ行く予定だったが、激しい風雨に遮られて結局塩釜で上陸する（後に「津軽海峡」の中で「中学校の四年生のあのときの旅ならば／けむりは砒素鏡の影を波につくり／うしろへまっすぐに流れて行った。」と書いたのが、この時の船旅だった）。翌日は仙台から平泉へ出て、中尊寺を見学。その夜、盛岡に戻るという二泊三日の旅。

この時の短歌が残っている。

中尊寺青葉に曇る夕暮のそらふるはして青き鐘なる

桃青の夏草の碑はみな月の青き反射のなかにねむりき

そして

まぼろしとうつゝとわかずなみがしらきそひよせ来るわだつみを見き

一首目については、青というケンジさんの好みの色が二度も出ることや、青葉が仙台城の異名である青葉城をどこかで引いていること（六月の平泉は青葉の季節であるだろうか？）ぐらいで、それ以上の印象はない。第二首の「夏草の碑」はもちろん芭蕉の「夏草や兵（つはもの）どもが夢の跡」の碑。みな月は水無月、六月。桃青は芭蕉の別号。この歌にも青が二度出てくる。さて、時間的順序を倒置して三番目に置かれた歌が問題。これは石巻に着いた時に市内の日和山（ひよりやま）公園の高台から生まれて初めて見た海の姿を詠じたものである。そして、ケンジさんはこの和歌を後に実にみごとに文語体の詩に作りなおしている。

〔われらひとしく丘に立ち〕

われらひとしく丘に立ち
青ぐろくしてぶちうてる
あやしきもののひろがりを
東はてなくのぞみけり
そは巨いなる塩の水
海とはおのもさとれども
伝へてきゝしそのものと
あまりにたがふこゝちして
たゞうつゝなるうすれ日に
そのわだつみの潮騒えの
うろこの国の波がしら
きほひ寄するをのぞみゐたりき

この作品がいつこの形に完成したのかわからないのだが（詩人自身がどう考えたにせよ、読者としてはこれは完成していると見たい）、これだけの詩が書けるのならば短歌の方はやめた方がいい。短歌の寸法では言いたいことが言い切れない。その思いが後にこれを書かせたのだとすれば、当人も同じことを考えたのだろう。

まず、ケンジさんの作品には一人称複数の代名詞はほとんど出てこない。彼は、信頼する友人は多かったにしても、まずもって一人で考えて一人で行動する人であった。その意味で、この「われらひとしく」は注目に値する。同じ中学校に学ぶ仲間がずらりと丘の上に並んで、これが初めての機会とお互い承知の上で、海というものを見る。みなが同じことを思う。

「青ぐろくしてぶちうてる」がいい。前半はまあ文語と認められるけれども、「ぶちうてる」などという文語はない。つまり、この詩は文語風に書くという自分で作った決まりをさっさと破っている。いかにも中学生の元気なわがままという印象が残る。実際の話、既成の言い回しをすべて捨てれば、海というのはこんな風にしか表現できないものかもしれない。

あとはただ、これが海だとはわかるが、聞いていたものとあまりに違う。何とも言いようがなくて、ただ黙って見ているという図。あまりに大きなものに出会った時の人間の反応とはこういうものである。中学生というのはちょうど大人と子供の間に位置する。そういう連中が丘の上に並んで、みんな呆然（ぼうぜん）として海を見ている。いい光景ではないか。

そは巨いなる塩の水
海とはおのもさとれども

の二行は理に落ちて弱い。丘の上の感動だけでは十二行はもたないので、中間のここで知識が出る。丘の上から見ただけで「塩の水」とはわからないはずだし、「海とはおのもさとれども」も伝聞の知識だから、ここだけ感じる者から知る者に変わったわけ。

しかし詩人は次の

伝へてきゝしそのものと
あまりにたがふこゝちして

でちゃんと感動の現場に戻ってくる。大事なのは知識ではなく「こゝち」である。あとはただその感動に身を任せて時のたつのを忘れて海を見ていればいい。

　ケンジさんの文語とは、文法や語彙(ごい)もあるけれども、要は七五調だ。調子よく繰り返されて畳みかける言葉のリズム。和歌ではなくて歌舞伎だと思う。例えば『義経千本桜』道行初音旅の「……忠と信(まこと)のものゝふに　君が情と預けられ　静に忍ぶ都をば　跡に見捨て旅立ちて……」のあの言葉の連なりの快感。それがここでうまく生かされている。

たゞうつゝなるうすれ日に
そのわだつみの潮騒えの
うろこの国の波がしら
きほひ寄するをのぞみゐたりき

と、「う」という柔かい母音を語頭にいただく言葉を重ね、「わだつみの」とか「うろこの国」とか、『古事記』以来の海を指す詩語を用い（青木繁の『わだつみのいろこの宮』というあの絵をケンジさんは知っていただろうか？）、七五・七五で続いてきたリズムを七七でぴたりと終止形に持ち込む。

宮澤賢治の文語詩については、最晩年に人生をそれによって総括するかのごとく書かれた『文語詩稿　五十篇』と『文語詩稿　一百篇』が代表とされている。この「〔われらひとしく丘に立ち〕」はその中に入らない。そしてぼくには、あまりに形を整えられた五十篇と一百篇よりも、中学生の時の一瞬の感動を描くこの一篇の方がよいように思われるのだ。

10

社会は時の流れと共に変わってゆく。普通それは進歩と呼ばれるけれども、全体として事態が本当によい方向に進んでいるのかどうか、誰にも確信はない。田舎に住んでいた者が都会に出て暮らすようになるというのは近代の顕著な変化の一つである。科学技術が（これは間違いなく）進歩して、いろいろと便利なものが身辺に増えることも明らかだ。では、それは人間をより幸福にするのだろうか。

田舎と都会のいちばんの違いは、田舎では人は共同体の一員としての資格において生きるのに対して、都会では個人の資格で生きなければならないという点だ。近代の社会は人を個人として解放し、自由に何をやってもいいのだとおだてて、その才能を利用する。かつては共同体の束縛の中で無駄に消えた才能がいかにも多かった。福沢諭吉はそれを指して「門閥制度は親の仇でござる」と言った。教育の機会均等は個人の才能を伸ばすためのシステムである。

自由にはしかしいつも責任がついてまわる。田舎の共同体の中では一人の失敗は速やかに全体によって補われるが、都会の失敗者には誰も手を貸してくれない。個人は個人として突き放される。明治以降の日本文学は、この近代社会における個人の不安をずっとテーマとしてきた。

今、われわれは都会の不安と解放感をよく知っており、田舎の閉塞性もまだ忘れてはいない。都会の方が楽しそうに思われるから、若い人々はひたすら都会を目指す。田舎では年に一度の祭りが、都会では毎日あるかのようにテレビは宣伝する。実を言えば、これはここ百年の日本にかぎった話ではない。二千年前にすでにヘシオドスは人が田舎を捨てて都会に走る傾向を嘆いていた。有史以来ずっと世界中すべての場所で人は都会を目指してきた。

ケンジさんのモダニズムはまことに都会的なものだ。花巻を田舎と呼ぶことはできない。地方都市という呼び名は実際には「地方」であることよりも「都市」であることに重みが置かれる。しかも彼は地域一のいい家の出であって、当時の岩手としては最も高度な教育を受けた。都会の文化も手の届くところにあった。なによりも本人に都会的・文化的・西欧的なるものへの傾きがあった。そして、個人としての才能を精一杯伸ばしたいと願っていた。

その一方で、ケンジさんは都会的な文化の限界をよく知っていた。これは科学を学んだ者として当然のことだが、都会は自立できない。田舎に支えられてはじめて食料や衣類や建築材料を得る（あの頃はまだ天然繊維と木材しかなかった）。都会が田舎という根から咲いた花だとすれば、倫理の基本も田舎の方にあるはずではないか。モダニズムと農本主義をいかに整合させるかはこの人の生涯の課題だった。

実際にはケンジさんは田舎で浮いていた。共同体の中で暮らす人々に、共同体の絆(きずな)をそのままに都会的な新しい文化の喜びを教えるという、根本的に矛盾しているように見えることに彼は精力を注いだ。若い人々は共鳴しただろうが、もう一つ上の世代の反発が強かったことも容易に想像できる。

田舎とはどういうところか。例えば、こういう詩がある。

〔もう二三べん〕

もう二三べん
おれは甲助をにらみつけなければならん
山の雪から風のぴーぴー吹くなかに
部落総出の布令を出し
杉だの栗だのごちゃまぜに伐って
水路のへりの楊に二本
林のかげの崖べり添ひに三本
立てなくてもいゝ電柱を立て
点けなくてもいゝあかりをつけて

そしてこんどは電気工夫の慰労をかね
落成式をやるといふ
林のなかで呑むといふ
幹部ばかりで呑むといふ
おれも幹部のうちだといふ
なにを！　おれはきさまらのやうな
一日一ぱいかたまってのろのろ歩いて
この穴はまだ浅いのこの柱はまがってゐるの
さも大切な役目をしてゐるふりをして
骨を折るのをごまかすやうな
そんな仲間でないんだぞ
今頃煤けた一文字などを大事にかぶり
繭買ひみたいな白いずぼんをだぶだぶはいて
林のなかで火をたいてゐる醜悪の甲助
断じてあすこまで出掛けて行って
もいちどにらみつけなければならん
けれどもにらみつけるのもいゝけれども
雨をふくんだ冷い風で

なかなか眼が痛いのである
しかも甲助はさっきから
しきりにおれの機嫌をとる
にらみつければわざとその眼をしょぼしょぼさせる
そのまた鼻がどういふわけか黒いのだ
〔事〕によったらおれのかういふ憤懣は
根底にある労働に対する嫌悪と
村へ来てからからだの工合の悪いこと
それをどこへも帰するところがないために
たまたま甲助電気会社の意を受けて
かういふ仕事を企んだのに
みな取り纒めてなすりつける
過飽和である水蒸気が
小さな塵を足場にして
雨ともなるの類かもしれん
さう考へれば柱にしても
全く不要といふでもない
現にはじめておれがこゝらへ来た時は

ぜんたいこゝに電燈一つないといふのは
何たることかと考へた
とにかく人をにらむのも
かう風が寒くて
おまけに青く辛い煙が
甲助の手許からまっ甲吹いてゐては
なかなか容易のことでない
酒は二升に豆腐は五丁
皿と醤油と箸をうちからもってきたのは
林の前の久治である
樺はばらばらと黄の葉を飛ばし
杉は茶いろの葉をおとす
六人も来た工夫のうちで
たゞ一人だけ人質のやう
青い煙にあたってゐる
ほかの工夫や監督は
知らないふりして帰してしまひ
うろうろしてゐて遅れたのを

工夫慰労の名義の手前
標本的に生け捕って
甲助が火を、
しきりに燃してねぎらへば
赤線入りのしゃっぽの下に
灰いろをした白髪がのびて
のどぼねばかり無暗に高く
きうくつさうに座ってゐる
風が西から吹いて吹いて
杉の木はゆれ樺の赤葉はばら〳〵落ちる
おれもとにかくそっちへ行かう
とは云へ酒も豆腐も受けず
たゞもうたき火に手をかざして
目力をつくして甲助をにらみ
了ってたゞちに去るのである

ほとんどそのまま短篇になっているから、別に解説もいらないだろう（本当の短篇としてなら、井伏鱒二（いぶせますじ）が書きそうな話だ）。田舎で電気工事が行われ、これは都会の資本

から金が降ってくるような話だから、みんなが名目的に参加する。本当に働くのではなく

さも大切な役目をしてゐるふりをして
骨を折るのをごまかす

ばかり。そして、最後に工夫慰労という名目で飲み会が開かれる。自分たちが飲みたいだけだから工夫は一人いればいい。酒が二升に豆腐が五丁は今から見ればつつましいが、「幹部」が九人いたとしても一人二合は飲める。

そして、主人公はこういう村落共同体の意地汚さに憤慨している。甲助はその代表ないし象徴にすぎない。そうは思っても、主人公は積極的には何もできない。「点けなくてもいゝあかり」と成り行きで言ってみるが、

はじめておれがこゝらへ来た時は
ぜんたいこゝに電燈一つないといふのは
何たることかと考へた

ことを思い出せば、あまり強いことは言えない。彼は自分に対しても正直なのだ。

田舎の人にとって、都会の方から降ってくる金というのは天から降る雨と同じで、自然の恵みのようなものである。それをうまく利用して、田に水を引くように、自分たちの財布に引き込む。酒に替えて胃に収めるのに何の疑問もない。この詩の主人公は半分だけ田舎から都会の方へ身を乗り出しているから、そこに疑問を感じる。全体として上質のユーモアに包まれたいい作だが、このユーモアの背後には田舎から都会へ、共同体から個人へ、自然から社会へという移行があった。

11

ケンジさんが野外の詩人であったことはいまさら説明するまでもないと思う。家の中、建物の中を舞台にした詩はほとんどない。詩人はいつでも青空か曇り空か星空の下に立っている。周囲の風景を見ている。この図式が基本。

戸外に立つ者は風景や天象に対して鋭敏になる。何もわからない者がぼさっと立っていたのでは風景は風景として機能しない。もともと人は自然の中で暮らしていたから、自然のふるまいに対しては鋭い感覚を持っていた。

『水仙月の四日』という話の中で、山道を辿る子供が雪を予感する――「すると、雲もなく研きあげられたやうな群青の空から、まつ白な雪が、さぎの毛のやうに、いちめんに落ちてきました。（中略）その立派な雪が落ち切つてしまつたころから、お日さまはなんだか空の遠くの方へお移りになつて、そこのお旅屋で、あのまばゆい白い火を、あたらしくお焚きなされてゐるやうでした」。

太陽が遠くなる。青空に照ってはいるけれども、遠くなる。この予感を受けて子供は不安に駆られ、足をはやめる。これは具体的な過程だから子供のふるまいは感覚のするどい動物とあまり変わらない。しかし、これがもっと精神的に深い意味のあるメッセージであれば、受け取った者はふるまいではなく考えで応答する。

戸外に立つ詩人に話を戻そう。詩人がここに立っていて、遠くの方に風景があるだけならば、詩人の中には感想しか生まれないだろう。だが詩の場ではしばしば客観世界と詩人自身は相互に作用しあう。外の世界が詩人の心に影響するだけでなく、詩人の心が世界の側に働きかける。自我は世界から孤立したものではなく、自分は世界と共にあるという認識が心の中に喜びを呼び覚ます。交感の興奮が人の心をゆりうごかす。ボードレールの言うコレスポンデンス（万物照応）だ。

詩人は風景の中に精神的な意味を見つけることで、世界に意味があること、客観的な意味ではなく、自分にとっての意味があることを知る。それは、自分と世界が対峙（たいじ）しているのではなく、自分は世界の中にあることの証（あかし）でもある。生きているという感じは自分の周囲の世界の間をなにかが行き来することによって伝わる。

コバルト山地

コバルト山地（さんち）の氷霧（ひやうむ）のなかで
あやしい朝の火が燃［え］てゐます
毛無森（けなしのもり）のきり跡あたりの見当（けんたう）です
たしかにせいしんてきの白い火が

水より強くどしどしどしどし〔どし〕燃えてゐます

コバルト山地はたぶん北上山地を指す。山が青く見えるところからこんな名にしたのだろう。そうなると毛無森は、岩手にいくつかある同じ地名のうち、早池峰山の西の方にある小山ということになる（小岩井農場の近くにある狼森や笊森と同じように、ここでも森は小さな丸い山のことである）。きり跡は伐採の跡だろうか。

朝の霧の中で、山の一角が白く光って見える。燃えているように見える。そこに何かがあって、朝の日の光が霧を透してそれに反射しているのかもしれない。この現象を理科として説明すればそれだけのことになる。しかし、詩人にとって、この光はただの現象ではなく、もっとずっと意味の深いものとして見える。自然から自分へのメッセージのように思われる。

それを聞き取れることが詩人の資格である。本当は、世の中がこんな風になる前は、誰にでもそういうことができたけれども、時代がすすんで自然からはるか離れて生きるようになった現代の人間はそのやりかたを忘れてしまった。ケンジさんはまだその力をもっていたから、それによって詩人になった。

だから「コバルト山地」では、「水より強くどしどしどしどし〔どし〕燃えてゐ」る「白い火」は彼にとって「せいしんてき」に大きな意味をもっていると感じられるのだ。彼はその火に目を奪われ、これは大事なことだと思いながら、ずっと見ている。朝の山の中にいて、その光にほとんど官能的なほど心をゆすぶられている。

林と思想

そら、ね、ごらん
むかふに霧にぬれてゐる
蕈(きのこ)のかたちのちい[さ]な林があるだらう
あすこのとこへ
わたしのかんがへが
ずゐぶんはやく流れて行って
みんな
溶け込んでゐるのだよ
　こゝいらはふきの花でいっぱいだ

ぼくは昔からこの詩が好きで、好きだとは思いながらも、なぜこんなに心ひかれるのかよくわからなかった。ここにあるのは自分と世界の呼応の瞬間である。自分はここにいる。世界は目の前に開けている。しかし、それだけでなく、自分は世界の一部でもあって、だから自分の考えが「蕈のかたちのちい[さ]な林」のところへ「ずゐぶんはやく流れて行」くと感じられる。この自分と「ちい〔さ〕な林」の間の距離感が実にいい。自然に向かって自分の思考を投射できる能力のおかげで、自分は自然の中にあって孤独ではない。自然から疎外されていない。だから、「ふきの花でいっぱい」というその場の光景によっても自分が祝福されていると感じることができる。

　自然からの疎外は人間にとってなかなか大きな不幸である。ぼくたちは他人や社会から疎外されることで不幸になると考えるけれども（いじめや差別）、それ以前にまずもって自然から疎外されて不幸になった。それは自然がやったことではなく、人間が自らの生活の中から自然を追い出したのが理由だから、その意味では自業自得。しかし、それでも自然からこんなに離れてしまったという不安感は淋しい。ケンジさんは自然への回帰の道をさまざまに探す人だった。『なめとこ山の熊』の小十郎と熊たちの交感がそうだし、『狼森と笊森、盗森』の開拓者たちもそうだ。しかし、それが最も純粋に現れるのは、野に立つ詩人と周囲の風景の交流をあつかった詩の中である。

雲の信号

あゝいゝな、せいせいするな
風が吹くし
農具はぴかぴか光つてゐるし

山はぼんやり
岩頸(がんけい)だつて岩鐘(がんしやう)だつて
みんな時間のないころのゆめをみてゐるのだ
　そのとき雲の信号は
　もう青白い春の
　禁慾のそら高く掲(か)げられてゐた
　山はぼんやり
　きつと四本杉には
　今夜は雁もおりてくる

　農作業が終わって、農具を洗って、山を前に休憩している時だろうか。その山の方はあくせくと働きもせず、「ぼんやり」している。それが山というものの本性と言わんばかり。岩頸は山の一つの形。岩屑丘(がんせつきゅう)など比較的軟質の素材からなる火山で、火口の中の溶岩の方が固い場合、時間がたつにつれて周囲の山体が崩落して中の溶岩だけが円筒型に残ったもの（童話『楢ノ木大学士の野宿』に詳しい）。岩鐘の方は粘度の高い溶岩が盛り上がって固まった形。

　山や岩は人間よりもゆっくりとした時間の中に生きている。一度形ができてしまうと、あとはずっとうつらうつらしている。だから『気のいい火山弾』のように性格もよくなる。「時間のないころのゆめ」というのは、自分たちがうまれた遠い昔のことか、あるいは自分たちが生まれる前の、世界が存在する前の、無時間のころの夢か。詩人は自分の心の波長を岩や山に合わせて、その夢を聞き取ろうとする。

時間のないころでも、雲はもう働いていたという空想がいい。雲はそれぞれ遠くの雲に合図を送っているのだ。山や岩に比べると、雲は動きが速い。ぼくたち人間から見るとゆっくりに見えるのだが、実際には雲は速やかに流れてゆく。高くもりあがり、やがて崩れ、消えてしまう。その速度のゆえに雲のふるまいは山よりは人間の方に似ているように見える。雲が遠くの雲へ何か伝えているようにも思える。だから信号。

そして再び「山はぼんやり」。詩人は雁という、いかにもこの地と遠隔の地を結ぶ印象の強い鳥のことを考える。彼は今、周囲との完全な調和の中にいて、満ち足りている。不運を嘆き、悲しみを歌う詩人は多いけれども、このような幸福感が歌える詩人はすくない。

12

ケンジさんはどの程度まで東北人だったのだろう。彼は詩人であり、童話作家であり、日蓮宗に属する仏教徒であり、モダニストであり、科学者であり、農学の実践者であり、教師であった。また兄であり、よき友人であり、息子でもあった。そういう、人が同時に属する多くのカテゴリーの中で、東北人であるというのはどこまで重かったか。

彼はまず東北を引き受けていた。それはつまり、冷害に苦しむことの多い、日本の中でも貧しい方に属するこの地方の現実をしっかりと見て、そこに生きる人々の思いに自分の思いを添わせるようにしてものを考えたということである。その意味では彼は間違いなく東北人だった。

それから、彼は東北の風土の中に立って感覚を働かせた。もともと自然のすぐそばで書いた詩人だったから、それが他ならぬ東北の自然であったことの意味は大きい。山の形、木の種類、日の照りかた、風、すべてまちがいなく東北のもので、この事実が彼の詩や散文の魅力の大きな要素となっている。

つまり現実としての東北と自然としての東北は彼の関心の中にあった。現実から少し奥の方には民俗の東北もあった（たとえば「ざしきぼっこ」や「鹿踊り」）。

それでは、歴史の方はどうだろう。東北、なかんずく岩手県はもともとは異民族の土地であり、奪われて日本の一部になり、それからも長く辺境として位置づけられるという複雑な歴史を持っている。しかしながら、東北に住む人たちの間にそのことがはっきり意識されるようになったのはそう昔のことではない。先住の民族はすでにいないわけであって、文章に残った記録もほとんどない（北日本の古い地名の多くはアイヌ語起源で説明できるというが、大正から昭和初期の人々にそのことは強く意識されることはなかっただろう）。

エミシ、エゾ、蝦夷などと呼ばれる人々の実体についてここで詳論することはさけて、彼らをそのままアイヌと呼べるほどことは単純ではないらしいとだけ言っておく。このような意味での東北の歴史観はケンジさんの中には意外に薄い。当時のこの地方の知的な雰囲気の中に先住民という要素はほとんど入っていなかったのだろう。

かつてぼくは『植物医師』というあの滑稽（こっけい）な芝居の主人公が爾薩待正という名であることを不思議に思った。にさったい・ただし。爾薩待ないし爾薩体あるいは仁左平とも書かれるのは岩手県もいちばん北の二戸（にのへ）市のあたりの地名で、平安期から使われている。江戸時代には仁左平村、明治二十二年から昭和三十年までは爾薩体村だったが、町村合併の結果今は二戸市の大字の一つになっている。「地名の由来は同名の古代蝦夷村にちなむ」と『角川日本地名大辞典』にはある。いかにも異民族の言葉を耳で聞いてそのまま漢字を当てたような地名。ちなみに手元の『萱野茂のアイヌ語辞典』によれば「ニサッ」というのが明け方、「ニサッチャウォッ」が明けの明星、「ニサッタ」は明日のことであるという（これは日高の平取町二風谷の言葉）。

あるいは、「一〇六三〔〕〔これらは素朴なアイヌ風の木柵であります〕」の中

　これらは素朴なアイヌ風の木柵であります
え、
　家の前の桑の木を
　Yの字に仕立てゝ見たのでありますが

とあるのは、アイヌのヌサ（祭壇）の図をどこかで見て、それに似た形をそう表現したのだろうが、それ以上に興味は広がらなかったようだ。

　それでは「原体剣舞連」はどうか。ケンジさんは盛岡高等農林学校三年生の時に、江刺の原体村で剣舞を見てずいぶん感動したらしい（剣舞と剣舞はまったく別のものである。民俗芸能としての剣舞を理解しなければいけない）。「うす月にかゞやきいでし踊り子の異形のすがた見れば泣かゆも」という短歌を作っている。これが五年後に詩「原体剣舞連」になったのだろう。岩手県には剣舞はあちらこちらにあるから、他のものを見たこともあったかもしれない。

原体剣舞連
(mental sketch modified)
dah-dah-dah-dah-dah-sko-dah-dah
こんや異装のげん月のした
鶏の黒尾を頭巾にかざり
片刃の太刀をひらめかす
原体村の舞手たちよ
鴇いろのはるの樹液を
アルペン農の辛酸に投げ
生しのめの草いろの火を
高原の風とひかりにさゝげ
菩提樹皮と縄とをまとふ
気圏の戦士わが朋たちよ

実を言うと、ぼくにはこの詩がケンジさんの作品の中で特別にいいものだとは思えない。リズミカルで、大声で朗読して気持ちがいいし、踊りの躍動感も伝わってくるけれども、全体として見たものを写すという単純な構図を七五調で元気づけ、語彙で補い、命令形で煽っているという印象。ところがその中に突然異質の要素が割り込んでくる。五字分の字下げを無視して表記すれば——

むかし達谷の悪路王
まつくらくらの二里の洞
わたるは夢と黒夜神
首は刻まれ漬けられ

という四行である。これは何か？

正統な日本史の中では東北の歴史は坂上田村麻呂から始まる。彼が行ったエミシ「征伐」によって東北は日本の一部となり、歴史記述の対象となった。それ以前は闇。エミシ・エゾ・蝦夷は人の外というこの視点を堅持するのが日本史の伝統だった。エミシの側が自分たちの歴史を書かなかったのだから、これもいたしかたのないことかもしれない。

さて、日本の年号では延暦二十年、西暦ならば九世紀に入ってすぐの八〇一年、坂上田村麻呂は達谷の岩窟に籠って抵抗する悪路王なる男の軍勢を打ち破った。達谷にケンジさんは「たつた」とルビしているが、普通は「たっこく」と読むらしい。さきほどの爾薩待とは対照的に岩手県の最南部、平泉から少し西に入った山の中である。そして、悪路王は蝦夷の軍勢の指導者として知られたアテルイではないかと言われる。異民族の名に縁起の悪い、汚れた漢字を当てるのは中国人の常套手段であって、塞外民族はみな鮮卑とか吐蕃とかロクでもない文字で呼ばれた。日本を指す「倭」だってそうめでたい字ではない。同じ論法を身につけた日本人が日本の塞外民族の長に悪路王という文字を当てはめたのだ（この名は『吾妻鏡』に見える）。坂上田村麻呂の好敵手、彼を輝かせるために闇の側を引き受けて滅びた異族の英雄。死んで、首を切られ、「刻まれ漬けられ」ることで敵の側の歴史に名を残した男。

　この達谷は原体からそう遠くない。勝った側はこれは毘沙門天の加護のおかげだというのでここに京都清水の舞台を模した九間四面のお堂を建立し、鞍馬寺にならって百八体の毘沙門天を祀った。敵を祈り込めることはこの時代の戦いの常套手段だった。剣舞もまた戦いに敗れた側の荒ぶる魂を鎮めるための踊りを起源に持つと言われている。その意味では「原体剣舞連」の中に悪路王の名が出てくるのは当然と言える。

　しかし、それにしてもこの四行が詩全体に与える効果はどうだろう。そこまでは単調にリズムを刻んで踊り手たちの動きをなぞるだけだった詩の運びがここでいきなり奥行きを増し、夜の闇を透かしみて、そこに古代の悪虐なる英雄の生首をほのかに見せる。

　その先にはかつて東北が東北と呼ばれる前にこの地を走り回っていた勇ましく、しなやかで、自負の念の強い人々の姿があっただろうに、ケンジさんの洞察はそちらには向かわなかった。その人々の熊狩りは、『なめとこ山の熊』の小十郎の狩りのように最後に町の荒物屋の主人にいいようにあしらわれる場面などない、純正なる狩猟民族の狩りであっただろう。自然について奥深い知識と知恵をもつ彼らと共に野山を歩くことは古代的な人間の姿についてケンジさんに多くを教えただろう。つまり、これもまたいかにもケンジ的な世界なのだ。

しかし、彼がそれに接することはなかった。彼は早すぎた。エミシ・エゾ・蝦夷・アイヌの人々の文化や生きかたや文芸が広く紹介されるようになるのはもう少し後の時代の話である。だから、仮に今ケンジさんが先にぼくが引いた『萱野茂のアイヌ語辞典』を手にしたらどれほどのことをここに学んでいたかと、ついつい意味のない夢想を広げたくもなるのだが。

太刀は稲妻萱穂(いなづまかやぼ)のさやぎ
獅子の〔星〕座(せいざ)に散る火の雨の
消えてあとない天(あま)のがはら
打つも果てるもひとつのいのち
dah-dah-dah-dah-dah-sko-dah-dah

13

一九二三年の七月の末から二週間ほど、ケンジさんは北海道からサハリン（樺太、サガレン）への旅をしている。花巻から汽車で青森へ出て、青函連絡船に乗って北海道に渡り、再び汽車で北海道を縦断して稚内まで行く。そこでまた連絡船に乗って宗谷海峡を越えて大泊へ、そして豊原から栄浜までというコース。当時サハリンの南半分は日本の領土だった。旅行の直接の目的は教え子の就職の依頼だったが、この旅は前の年の晩秋に亡くなった妹のトシさんを悼む一連の詩が生まれた旅としての意味の方が（少なくとも後世の読者にとっては）大きい。それら、「青森挽歌」と「オホーツク挽歌」、それに「樺太鉄道」、「鈴谷平原」、「噴火湾（ノクターン）」はどれも優れたもので、トシさんの死の直後に書かれた「永訣の朝」や「松の針」、「無声慟哭」とはだいぶ感じが変わって、八か月の歳月を経た分だけいわば悲しみの格が大きくなったように思われる。

その中でも「鈴谷平原」は表立ってトシさんが出てこず、ケンジさんはただ風景の中に立って、その風景と心を通わせようとしているばかり。この姿勢は悪くない。ずっと暗い海を前にしてトシさんとの交信を試みていたケンジさんが、ふっと我に返って風景にも目を向けたというところ。

鈴谷平原

蜂が一ぴき飛んで行く
琥珀細工の春の器械
蒼い眼をしたすがるです
　（私のとこへあらはれたその蜂は
　ちやんと抛物線の図式にしたがひ
　さびしい未知へとんでいつた）
チモシイの穂が青くたのしくゆれてゐる
それはたのしくゆれてゐるといつたところで
荘厳ミサや雲環（うんくわん）とおなじやうに
うれひや悲しみに対立するものではない
だから新らしい蜂がまた一疋飛んできて
ぼくのまはりをとびめぐり
また茨や灌木にひつかかれた
わたしのすあしを刺すのです
こんなうるんで秋の雲のとぶ日

鈴谷平野の荒さんだ山際の焼け跡に
わたくしはこんなにたのしくすわつてゐる
ほんたうにそれらの焼けたとゞまつが
まつすぐに天に立つて加奈太式に風にゆれ
また夢よりもたかくのびた白樺が
青ぞらにわづかの新葉をつけ
三稜玻璃にもまれ
（うしろの方はまつ青ですよ
クリスマスツ〔リ〕ーに使ひたいやうな
あをいまつ青いとどまつが
いつぱいに生えてゐるのです）
いちめんのやなぎらんの群落が
光ともやの紫いろの花をつけ
遠くから近くからけむつてゐる
（さはしぎも啼いてゐる
たしかさはしぎの発動機だ）
こんやはもう標本をいつぱいもつて
わたくしは宗谷海峡をわたる

だから風の音が汽車のやうだ
流れるものは二条の茶
蛇ではなくて一ぴきの栗鼠
いぶかしさうにこつちをみる
（こんどは風が
みんなのがやがやしたはなし声にきこえ
うしろの遠い山の下からは
好摩の冬の青ぞらから落ちてきたやうな
すきとほつた大きなせきばらひがする
これはサガレンの古くからの誰かだ）

「すがる」はジガバチないしジバチのこと。色はたしかに琥珀（こはく）のようだし、メカニックな音をたてて飛ぶし、内地の東北地方から行った者にとって八月の樺太は春だったかもしれない（ぼくはやはりサハリンに六月の末に行ってずいぶん寒い思いをしたことがある）。それよりも、蜂そのものが春を思わせるとも言える。蜂は人にかまわず、さっさとどこかへ行ってしまう。それが「未知」の方角であって、見ている人の方は蜂が行ってしまったことをどこかで淋（さび）しく思う。

チモシイは牧草。雲環は太陽のまわりにかかる暈（かさ）。ここのところはおもしろい。「チモシイの穂が青くたのしくゆれてゐる」のだが、その「たのしさ」は「うれひや悲しみに対立するものではない」と言う。つまり相対的な「たのしさ」ではなく、存在自体が大前提として持っているような基本的な「たのしさ」である。それが感じ取れるから、「ぼく」であり「わたし」であり「私」でもある「わたくし」は「こんなにたのしくすわつてゐる」と言えるのだ。彼が坐(すわ)っているところは「鈴谷平野の荒さんだ山際の焼け跡」。

ぼくがサハリンで教えてもらった知識の一つに、山火事になって森が燃えてしまった後で最初に伸びてくるのが白樺(しらかば)だということがあった。二十年ぐらいで白樺がまず伸びきり、その後からゆっくりトドマツなどに遷移して、やがて極相を迎える。つまり白樺はそれまでのつなぎの木であるという。三稜玻璃(さんりょうはり)というのはプリズムだから、ここは白樺の若い葉がきらきら光っているのだろうか。その後ではクリスマスツリーが出てくるし、先の方ではサワシギの声が発動機の音にたとえられる。「風の音が汽車のやうだ」とも言う。自然の中にあって、出てくる比喩(ひゆ)がみな人間界のものだということは、ケンジさんがそろそろ旅に飽きて、人間の住む世界に戻りたいと心の底で願っていたからだろうか。

実はここにわからないことがある。「鈴谷」という地名の読みかただ。一般には「すずや」ということになっているのだが、ぼくはサハリンで「Сусуя」というロシア語の地名表記を見た。すなわち「すすや」である。それ以来ぼくの頭の中ではこの詩の土地は「すすやへいげん」になってしまったのだが、どちらが正しいのかわからない。いずれ誰かに当時の読みを聞かなければならないと思っている。いずれにしてもこのあたりの地名は（誰かが無理につけたのでなければ）アイヌ語起源だろう。

ケンジさんはここまで来ても標本探しをしている。標本がたくさん集まったことを喜んでいる。そして里心がついているから風の音も汽車のように聞こえる。好摩などという岩手県の地名がいきなり飛び出す。しかし、「遠い山の下から」聞こえるのは

　好摩の冬の青ぞらから落ちてきたやうな
　すきとほつた大きなせきばらひ

である。普通の人ではなく、もっと神話的な大きな、長い時代を生きてきた者のせきばらい。だからケンジさんは「これはサガレンの古くからの誰かだ」という。先住民の神様かもしれない。

　全体に見え隠れしているヤナギランという植物は実に北方的な印象で（内地でも信州あたりの山に行くといくらでも生えているけれども）、北海道や樺太を思わせるものだ。神沢利子（かんざわとしこ）さんの『流れのほとり』という話の中のヤナギランが美しくて、この話の舞台は戦前のサハリンである。

　この詩がおもしろいもう一つの理由は、これと『サガレンと八月』という未完の童話

が呼応している点だ。場所は鈴谷平原ではなく、ケンジさんがその前に行っていた栄浜の海岸。目の前の海はオホーツク海で、その意味では「オホーツク挽歌」の方に近いはずなのだが、どこか力を抜いたところが「鈴谷平原」の感じに通じる。なによりも標本という大事な言葉が共通している。

『サガレンと八月』の主要部分はタネリという少年（『タネリはたしかにいちにち噛んでゐたやうだった』にも登場する）がおっかさんの言うことを聞かずに、浜辺でガラスのようなクラゲを拾ってそれで「やなぎらん」と「とゞ松」の美しい風景を透かし見ようとしたために「口のむくれた三疋の大きな白犬に横っちょにまたがって黄いろの髪をばさばささせ大きな口をあけたり立てたりし歯をがちがち鳴らす恐ろしいばけもの」に捕まってしまうという話。その「ギリヤークの犬神」はタネリをチョウザメの下男にしようと連れていって……というところでこの話は中断している。

いいのはその前、話の枠になっている部分である。「内地の農林学校の助手」である語り手が、サガレンの海辺で波や風と言い合っているうちに「風が私にはなしたのか私が風にはなしたのかあとはもうさっぱりわかりません」という話が出てきて、それがタネリの物語というわけ。砂浜をうろうろして貝殻を拾う語り手に寄せてきた波が問いかける――「何の用でこゝへ来たの、何かしらべに来たの、何かしらべに来たの」。そして、こちらの答えを待つ間もなく引いていって、次に寄せた時にはまた同じ問いを繰り返す。答える方はしまいには癇癪を起こす。そのような交感と「鈴谷平原」の蜂やヤナギランに対する一方的な思い入れはよく似ている。自然はだいたいにおいて人に対して無関心で、一瞬与えてくれる好意や関心に人は一喜一憂する。ケンジさんの自然観の基本はそういうものであったらしい。

14

多少の起伏はあっても地面というのは基本的に平らであって、われわれはそこに直立している。これが人間の姿勢だ。木々も地面から生えるし、たいていの動物も地面の上で生活している。だから前後左右を見て、東西南北に移動するけれども、上の方に行くことはむずかしいし、地面の下に行くのもほとんどできない。だから、人の目は水平方向を見る向きに付いている。上や下を見るには首全体を傾けなければならない。あたりまえのことであり、だからこそ普段は忘れていることである。

しかし、こういう地面の特性、重力の方向、この世界の幾何学的基本構造のために、われわれは上と下という方位に特別の価値を与えてきた。それも上が真・善・美をあらわし、下はその逆というのが通例だった。天国は上の方にあるし、地獄は地面の下にある（もっとも詳しくはダンテの『神曲』を見るといい）。嬉しいことがあれば「天にも昇る心地」がする。下へ行くという具体的な表現がめったにないのは、上方が空虚であって昇る力さえあれば行くことができるし、実際、鳥や虫は高く舞っているのに対して、下の方に行くのは地面を掘るしかないわけで、モグラやミミズ程度の深さならばともかく数百メートルも掘り進むというのは想像しにくいからだろう。

ケンジさんの世界は常識のとおりまずもって水平的である。

われらひとしく丘に立ち
青ぐろくしてぶちうてる
あやしきもののひろがりを
東はてなくのぞみけり

というあの詩の視線の向きで世界を見る。もともと野外の詩人だということはたしか前に書いたし、その見る先がもっぱら自然界や自然と人間の関わりであることも言ったと思う。その一方、ケンジさんは宗教者であった。そして、この場合にこそ、彼の目は上の方に向かう。本書で見てきた詩の中では5で取り上げた「〔東の雲ははやくも蜜のいろに燃え〕」という作品が、明け方の薄明の中で月を見て話しかけるという、上への視線を扱ったものだった。この時、月は普香天子という神格であり、ケンジさんは「あなたを仰ぐひとりひとり」の一人となっていた。

見るだけでなく、昇ると落ちるという運動感はどうだろう。さきほど「天にも昇る心地」と書いたように、一般に上昇は幸福であり、落下は不幸である。墜落が痛みを伴うからだけでなく、落ちることは堕落することだからだ。この種の垂直軸にまつわる比喩（ひゆ）は、昇給とか、降格とか、上流階級とか、「どん底」とか、われわれの社会全体に充満している。しかし、ケンジさんの場合、社会の地位や貧富に関わる上下関係は少ない。大事なのは、上に行くことが浄化であり、下に向かうことが霊的な汚染や堕落を意味するという点である。

童話の方で昇る話はと考えると、つい誰もが『銀河鉄道の夜』を思い出す。しかし、話の主な舞台となっているのは銀河空間だからたしかに空に属するけれども、あの話の中に歴然たる上昇の場面はないのだ。ジョバンニは天気輪の柱の丘までは登るけれども、そこから見る下の町の夜景と星空が同じようだと思っている間に、気がつくと天界に行ってしまっている。昇る過程は無意識のうちに完了している。

もっとはっきりと上昇と下降を扱っているのが『よだかの星』である。この話の最後に絶望したよだかはひたすら夜空へ昇ってゆき（なんといっても鳥だから、自力で昇ることができる）、力尽きて落ちる。「落ちてゐるのか、のぼってゐるのか」わからなくなり、実際には上昇が下降に変わって、墜死する。そして、その墜落の果てに、彼は天に上げられ、星になる。キリスト教では自力で上がる昇天（ascension）と天の力で上げられる被昇天（assumption）を区別する。キリストは神格があるから昇天したのだし、マリアは人なので被昇天した。この論法でいうとよだかは昇天できなくて被昇天したことになる。

〔堅い瓔珞はまっすぐに下に垂れます〕

〔冒頭原稿なし〕

堅い瓔珞はまっすぐに下に垂れます。
実にひらめきかゞやいてその生物は堕ちて来ます。

まことにこれらの天人たちの
水素よりもっと透明な
悲しみの叫びをいつかどこかで
あなたは聞きはしませんでしたか。
まっすぐに天を刺す氷の鎗の
その叫びをあなたはきっと聞いたでせう。

けれども堕ちるひとのことや
又溺れながらその苦い鹹水を
一心に呑みほさうとするひとたちの
はなしを聞いても今のあなたには
たゞある愚かな人たちのあはれなはなし
或は少しめづらしいことにだけ聞くでせう。

けれどもたゞさう考へたのと
ほんたうにその水を嚙むときとは
まるっきりまるっきりちがひます。
それは全く熱いくらゐまで冷たく
味のないくらゐまで苦く
青黒さがすきとほるまでかなしいのです。

そこに堕ちた人たちはみな叫びます
わたくしがこの湖に堕ちたのだらうか
堕ちたといふことがあるのかと。
全くさうです、誰がはじめから信じませう。
それでもたうたう信ずるのです。
そして一さうかなしくなるのです。

こんなことを今あなたに云ったのは
あなたが堕ちないためにでなく
堕ちるために又泳ぎ切るためにです。

誰でもみんな見るのですし　また
いちばん強い人たちは願ひによって堕ち
次いで人人と一緒に飛騰しますから。
一九二三、五、二一、

「おそらく冒頭数枚欠」と新全集の校異には書かれている。どういう経緯をたどって現存のはじめの硬質の二行が導かれたのか、とても気になるところだが失われたものは失われたもの。今あるところから出発するしかない。瓔珞は装身具。頭・首・胸にかけると辞書にはある。あるいは建物の軒などから下げる飾り。大事なのはこれが垂直という重力の方向を示すものであることである。その方向に天人は落ちてくる。鋭い叫び声をあげて落ちてくる。キリスト教でいう堕天使であり、中国風に言えば謫仙。この墜落の運動感は強烈。

　しかし、現行の詩の二聯目まではたしかに天人であった墜落者は、その先では普通の人になる。落ちた人、倫理的に大きな罪を犯して、それまで立っていた場所から下に落ちた人。苦い水の湖に落ちてその水を飲むというのは、何か仏教の方に典拠があるのかもしれない。元が天人であったからこそ、その苦悩はいよいよ大きく、彼らの悲しみは深く思われる。そして、それを人ごとと見る傍観者たちにケンジさんは忠告する——

こういうことを言ったのは

あなたが堕ちないためにでなく
堕ちるために又泳ぎ切るために

だと。誰もがいずれは落ちる。明日、あなたのところへ鷹がきて、名前を変えろと脅迫するかもしれない。明日、あなたの無二の親友が水死するかもしれない。明日、あなたは大きな罪を犯すかもしれない。だから、落ちるということを知っておいた方がいい。最後の二行はわからない。「いちばん強い人たち」とは誰なのか。ぼくは人が宗教に救いを求める気持ちには共感できるけれども、宗教が人を救うメカニズムを知らない。だからケンジさんの作品にはぼくがわからないものもあるし、彼の生涯にもぼくには理解できない部分が少なくない。イデオロギーの側面を、組織化による権力掌握の夢を、持たなかった宗教組織がかつてあったのだろうか。

落ちる方はもういいから、井戸の底から空まで幸福に上昇する詩を見よう。「一〇一五〔わたくしの汲みあげるバケツが〕」。

「わたくしの汲みあげるバケツが」井戸の中から上がってくる。

そこにひとひらの
—なまめかしい貝—

―ヘリクリサムの花冠―
一ぴきの蛾が落ちてゐる
貝ともヘリクリサム（ヒナギク）とも見えたその蛾が、水面から舞い上がる―

春の蛾は水を叩きつけて
　　　　　飛び立つ
　　　飛び立つ
　飛びたつ
　Zigzag steerer, d［e］sert cheerer.
いまその林の茶褐色の房と
不定形な雲の間を航行する

15

ケンジさんにとって軍とか兵とかとはどういうものだったか。「三一三　命令」という詩を読んでいて、突然そういう疑問が湧いた。

彼が生まれたのは一八九六年（明治二十九年）、亡くなったのが一九三三年（昭和八年）。大正時代をそっくり中に含むこの三十七年間、日本がずっと平和だったとはとても言えない。彼が七歳だった一九〇四年の二月に日露戦争が起こり、彼が十八歳になった一九一四年には第一次世界大戦が勃発。その四年後の一九一八年にはシベリア出兵。没する二年前の一九三一年に満州事変。

そういう国単位の大きな言葉としてではなく、東北の普通の人々にとって軍や兵隊はどういう意味をもっていたか。政策を決定するのは彼らではない。彼らは政策の最終的な結果を引き受けるのだ。はるか彼方で事変が起き、東京の偉い人たちが方針を決め、それに従って地方の村々から兵隊が集められ、戦場に送られる。凱旋する者もおり、傷ついて帰る者もおり、帰ってこない者もいる。それらすべてを含めての軍隊。

結論を言うと、彼の書いたものの中に現実の戦争が出てくることはなかった。急いでつけ加えれば、ぼくはこの事実を元に彼が反戦的でなかったなどというつもりは毛頭ない。そういう、時代と直接に向かい合う姿勢が彼にはなかったのだ。戦争のことがないと言うならば、一九二三年九月、つまり前の年の十一月に失った妹トシ子を悼みながら北海道と樺太を旅して「青森挽歌」のシリーズを書いた夏の終わり、に起こった関東大震災についての記述もないのだ（手紙ならばと思って探したが、ちくま文庫版の全集第九巻「書簡」には一九二三年と一九二四年の手紙は一通も収録されていなかった）。

軍や兵士がまったく遠い無縁の存在だったわけではない。当時の東北の日常生活にも軍は影を落としていた。弟の宮澤清六さんが書かれた『兄のトランク』という本の中に、志願して軍隊生活を送っているところへ兄のケンジさんが訪ねてきた時の話がある。そこで弟から聞いた兵士の生活ぶりはケンジさんの記憶に残ったことだろう。

それでも、ケンジさんにとってすべての現実は一種の昇華の過程を経た上で詩や童話になる。その不思議な錬金術の過程で文学が生じるのだ。ケンジさんは遠いものと親しくつきあうのがうまかった。近いところはどちらかというと苦手だった。近いものを遠くするために詩の言葉が紡がれ、登場人物は人から動物になり、全体が夢幻的な雰囲気の中に置かれる。

三一三　命令

一九二四、一一、二、

マイナス第一中隊は
午前一時に露営地を出発し
現在の松並木を南方に前進して
向ふの、
あの、
そら、
あの黒い特立樹の尖端から
右方指二本の緑の星、
あすこの泉地を経過して
市街のコロイダーレな照明を攻撃せよ
第一小隊長
　きさまは途中の行軍中、
　そらのねむけを噛みながら行け
それから市街地近傍の、
並木に沿った沼沢には
睡蓮や蓴菜
いろいろな燐光が出没するけれども
すこしもそれにかまってはならない

いいか　わかったか
命令　終り

この詩がある中隊への命令の形を取りながら、いかに現実味を薄める工夫がしてあるか、そこを見てみよう。まず中隊は番号で呼ばれるけれども、その番号には「マイナス」というカタカナの数学用語が付してある。彼らが行軍の後に攻撃しなければならないのは「市街のコロイダーレな照明」である。コロイド状の、つまり不透明でぼんやりとした溶液を透かし見るような照明。牛乳をたっぷりの水で割って、それ越しに見た天井の電灯のような光。もっと現実に合わせて具体的に言えば、霧の中に立つ街灯の光。それを攻撃する。

攻撃対象が「照明」であることからもわかるとおり、どうもこの兵士たちは光るものに向かってゆく性質があるらしい。行軍の途中の沼沢に出没する「いろいろな燐光」にかまってはならないというのは、要するに寄り道をするなということだが、彼らを誘惑するのはやはり光である（ただし「睡蓮や蓴菜」が実際に燐光を発するわけではない。これもまた非現実性を強調している）。あるいはこの中隊の兵士たちは虫なのかもしれない。市街の人工照明に集まる虫の光景が、遠方の地を発してそこまで飛来した無数の虫たちが、街灯の光に突進してゆく攻撃的な動きが、ケンジさんにこういう幻想を思わせたのかもしれない。出発時刻として設定されたのは午前一時。行進の目安になるのは

「緑の星」、というあたりもこの推測を否定しない(軍隊生活を送る清六さんを訪れたことがこの詩を書くきっかけになったと言えればずいぶんわかりやすいのだが、時間的には逆である。弘前(ひろさき)の第三十一聯隊(れんたい)にいた清六さんのところに行ったのは一九二五年の六月、この詩が書かれたのは半年以上前の一九二四年十一月なのだ)。

この詩の場合はまだしも現実の兵士の動きに近いものを扱っているが、全体としてケンジさんの作品の中に現れる兵隊や軍は詩的・童話的な世界を構成する要素の一つでしかない。『「ツェ」ねずみ』という、やたらに拗(す)ねやすくて、自分の身に起こる不幸をすべて他人のせいにして騒ぐ嫌な奴を主人公にした童話がある。「お前んとこの戸棚の穴から、金米糖がばらばらこぼれてゐるぜ。早く行ってひろひな。」といたちに教えられたツェねずみが行ってみると、彼はいきなり足にチクリという痛みを覚える。「止れ。誰かっ。」という誰何(すいか)の声に足を止めると、そこにはアリの兵士たちがいる。「蟻の兵隊は、もう金米糖のまはりに四重の非常線を張って、みんな黒いまさかりをふりかざしてゐます。二三十疋は、金米糖を片っぱしから砕いたり、とかしたりして、巣へはこぶ仕度です。」というありさま。そこで蟻の特務曹長から「こゝから内へはいってならん。早く帰れ。帰れ、帰れ。」と言われてツェねずみはすごすごと退散する。

アリを軍隊になぞらえるのは珍しいことではない。アリやハチが作る社会は軍隊のような緊密な組織に見える。実際にはそこには将校から兵への命令系統などなくて、予(あらかじ)めプログラムされた行動パターン(つまり本能)に従って動く個性なき個体の群れにすぎないのだが、全体のために奉仕する個という図式は理想の軍隊を思わせる。ハチを主人公にするのならば、帝国主義そのものの『蜜蜂マーヤの冒険』という話があったけれども、あれが日本に最初に紹介されたのはいつだっただろう。ケンジさんはあれを読み得たかどうか。

群れをなす動物は軍隊に見立てやすい。『烏の北斗七星』という童話がある。初稿成立がたぶん一九二一年十二月二十一日（軍縮が話題になっていた時期ということに関連はあるか？）。カラスの一羽ずつが軍艦という設定で、「烏の義勇艦隊」が演習をする。雪の田圃に降りていた烏たちが夕方を待って飛びあがり、大砲を撃ち、「空を大きく四へん廻つた」あとで解散して、降りてくる。演習だけならばいいけれども、この艦隊は翌日は山烏と戦うことになっている。なんとなく自分の戦死を予想して眠れないでいる大尉が、彼らにとっての神であるマヂエル様に祈る——「あゝ、あしたの戦でわたくしが勝つことがいゝのか、山烏がかつのがいゝのかそれはわたくしにわかりません、たゞあなたのお考のとほりです、わたくしはわたくしにきまつたやうに力いっぱいたゝかひます、みんなみんなあなたのお考へのとほりです」（このマヂエル様とは、実は北斗七星である。おおくま座をラテン語でURSA MAJORと呼ぶところから思いついたのだろう）。

結局、この大尉は夜明けの少し前に一隻だけで出てきて栗の枝に止まっていた山烏を見つけて、部下たちと一緒に攻撃し、撃沈する。日が出てから、烏の艦隊は観兵式を行い、大尉は昇進し、敵の死骸の埋葬を申し出て許される。そして、嘆くのだ——「(あゝ、マヂエル様、どうか憎むことのできない敵を殺さないでいゝやうに早くこの世界がなりますやうに、そのためならば、わたくしのからだなどは、何べん引き裂かれてもかまひません。)」。たぶんこのあたりがケンジさんの戦争観の核心であるだろう。そして、ここにも自己犠牲という考えがちらりと見えている点に注目する必要がある。

16

死の問題はむずかしい。抽象的にも扱いにくい話題だが、具体的になると扱いにくいを超えてむしろ苦しいことになる。親しい者の死をどう受け止めるか、自分自身の死をどう考えるか。それが目前に迫った時どうするか。その人のものの考えかたがはっきりと表れる。

ケンジさんと死の関係については、まず妹のトシ子さんを亡くした前後の一連の詩、「永訣の朝」や「無声慟哭」から「青森挽歌」、「噴火湾（ノクターン）」までがある。しかしあれらの作の中では死は永遠の別離として嘆かれ、悔やまれ、考えられている。テーマは死そのものよりも肉親の死が近親者に与える喪失感とその克服の方に寄っている。

死が最も切実であるのは自分の身の上にそれが襲来しそうな場合だ。ケンジさんは死ぬ前の時期、書簡は書いても詩は書かなかった。しかし、その五年前に、過労から肺浸潤を起こして四十日の病床生活を送った時に、後に「疾中」という題でくくられる一連の作品を残している（他の時期の病気を機に書かれた詩も入っているという説もあるが、今その議論の細部には立ち入らない）。

この中に出血が止まらないという事態を書いた詩が三篇ある。「夜」という詩は

これで二時間
咽喉からの血はとまらない

という二行ではじまり

こんやもうこゝで誰にも見られず
ひとり死んでもいゝのだと
いくたびさうも考をきめ
自分で自分に教へながら
またなまぬるく
あたらしい血が湧くたび
なほほのじろくわたくしはおびえる

というところで終わっている。

血は生命そのものであり、それが身体の外へ流れだしてゆくというのは、まさに自分の生命の残量が減ってゆくことであって、当人にとっては戦慄(せんりつ)すべき事態だ。生命力はさまざまな形をとって減少するが、出血の場合はそれがあからさまに目に見える。「わたくし」が「おびえる」のは当然である。

しかし、その一方に、同じ状況のもとでか、あるいは違う日、違う病気、違う心理状態でのことなのか、出血に怯(おび)えないケンジさんもいるのだ。

〔まなこをひらけば四月の風が〕

まなこをひらけば四月の風が
瑠璃のそらから崩れて来るし
もみぢは嫩いうすあかい芽を
窓いっぱいにひろげてゐる
ゆふべからの血はまだとまらず
みんなはわたくしをみつめてゐる
またなまぬるく湧くものを
吐くひとの誰ともしらず
あをあをとわたくしはねむる
いままたひたひを過ぎ行くものは
あの死火山のいたゞきの

　清麗な一列の風だ

ここでは死に瀕した自分を他人のように見ることで、そして見ている者が風という自然現象に共鳴することで、死の恐怖は抑え得るものとなっている。血はとまらず、「みんなはわたくしをみつめてゐる」にもかかわらず、わたくし自身は

　またなまぬるく湧くものを
　吐くひとの誰ともしらず

に眠っているのだ。そう記述している誰かがいる以上、眠っている者と「わたくしはねむる」と記している者は違う。詩人はまるで「わたくしをみつめてゐる」「みんな」の一人になったかのように、出血しながら眠っている自分を見ている。そして、その自分は(再び主観に戻れば)、その眠りの中で山の頂上を吹く風を額に感じている。つまり、出血に伴う死の恐怖とは別のところにいる。「清麗な一列の風」という自然が彼を護り、癒している。しかも、死火山(!)の頂を吹くその風は、彼が今は病床にあってみんなに見守られている以上、実際には彼の想像力の中で吹いているのだ。

次の詩ではこの自然による治癒はもっと徹底している(ここに言う治癒は病気の治療ではなく、病気に際しての心の不安をそっと消してくれるような作用の謂である)。

眼にて云ふ

だめでせう
とまりませんな
がぶがぶ湧いてゐるですからな
ゆふべからねむらず血も出つづけなもんですから
そこらは青くしんしんとして
どうも間もなく死にさうです
けれどもなんといゝ風でせう
もう清明が近いので
あんなに青ぞらからもりあがって湧くやうに
きれいな風が来るですな
もみぢの嫩芽と毛のやうな花に
秋草のやうな波をたて
焼痕のある藺草のむしろも青いです
あなたは医学会のお帰りか何かは知りませんが〔一〕
黒いフロックコートを召して

こんなに本気にいろいろ手あてもしていたゞけば
これで死んでもまづは文句もありません
血がでてゐるにかゝはらず
こんなにのんきで苦しくないのは
魂魄なかばからだをはなれたのですかな
たゞどうも血のために
それを云へないがひどいです
あなたの方からみたらずゐぶんさんたんたるけし〔き〕でせうが
わたくしから見えるのは
やっぱりきれいな青ぞらと
すきとほった風ばかりです。

作品の体裁は医者との会話である。血が止まらないことを静かに訴え、「どうも間もなく死にさうです」と、まるでひとごとのように言う。そして、その言葉のすぐ次に来るのは「けれども」という逆接の接続詞だ。さしせまった自分の死の問題を措いて、話題は風に移る——

けれどもなんといゝ風でせう

もう清明が近いので
あんなに青ぞらからもりあがって湧くやうに
きれいな風が来るですな

清明は二十四節気の一つで春分の十五日先、つまり四月の五日ごろである。東北の空も青く澄んで、そこからいい風が吹くのだろう。

ここでこれだけ落ち着いた心境に至れる理由も、前の詩の場合と同じく、自分が二つに分かれているからである。ここには出血の止まらない死にかけの自分と、悠然と風を楽しむ自分がいる。だから「どうも間もなく死にさうです」などと呑気（のんき）に言っていられる。こう言っている自分は実は死に瀕している自分ではない。この分離を説明するために

こんなにのんきで苦しくないのは
魂魄なかばからだをはなれたのですかな

などと言う。肉体は死にかけているが、それを外から見ながら医師と話をしている魂魄（こんぱく）がいるかのよう。非常に意志的な臨死体験とでも言おうか（ケンジさんには『ひかりの素足』のような臨死体験にきわめて近い状況を書いた話があることを思い出しておこ

う)。

だが、この詩に関して最も大きな問題は、自然は本当に人の死を癒してくれるのか、自然との一体感は本当に死の恐怖を消してくれるのかという点にある。

死を受け入れるために人が用いる論法はいろいろあるが、最も有力なのは死もまた自然の内にあるというものだ。この自然を神としても仏と置き換えても論旨は変わらない。死とは生きているという状態の外へ出ることである。この断絶感が不安を呼ぶ。それが断絶ではなく、一種の連続である、つまり外へ出たとしてもそこはまだ別の意味で内側だという説得によって、死の衝撃を和らげる。清明の頃になって吹く風の心地よさは、自分一人の死などよりも世界にとってずっと大きな意味を持っている。そちらに身を寄せることで、自分の死をいわば個人的な瑣末（さまつ）な事件にしてしまう。自然という滑走路を使ってエゴから離陸する。悟るというのはそういうことだ。

人の苦しみの半分までは自然から離れたことによって生じた(残りの半分は自然の内にいることから生じる。いずれにしても総量は変わらない)。それは自然に帰ることで解消できるのではないか。自分は消えても自然は変わらない。永続するのは自然という大海であって、そこに浮かぶ一つの泡沫（ほうまつ）である自分は消える。それでいいではないか……と本当に言えるかどうか。この二つの詩で自然を表すケンジさんの表現は「清麗な一列の風」にしても「きれいな青ぞらと／すきとほった風」にしても、よく工夫されているとは言いがたい。彼の語法としては紋切り型という印象を与える。

しかし、同じ死と自然の関係を扱ってまったく違う作品もあるのだ。それを次回に見ることにしよう。

17

前回、「疾中」詩篇の中から、ケンジさんが山に吹く風を想像することで死を相対化し、人ごとのように落ち着いた目で病床の自分を見て、一種の悟りを表明している作品を読んだ。それはそれで理解できるし、いかにもケンジさんらしいと思う。しかし、彼と死の問題はそこに終始するものではなかった。

自然は慰めである。この思想がケンジさんの作品全体を貫いている。人間の社会はしばしば人を傷つけるが、自然はその傷を癒す。少なくとも自分は自然の中に身をおいている方が社会に出て他人を相手にしているよりもずっと気持ちがいい。そういう思いは彼の書くものすべてに歴然とあらわれている。『ひかりの素足』や『なめとこ山の熊』に見るように自然は時に人を殺す。優しいのではなく、酷いのでもなく、自然はただ一人一人の人間の（あるいは動物の）運命に対して無関心であり、この無関心こそが人間同士の関心の網目に捕らえられてもがく人間には救いのように思われる。

しかし、それが自然のすべてだろうか。健康な時にはそう割り切って考えることができるかもしれないが、病めばまた別の考えが否応なしに湧く。

〔その恐ろしい黒雲が〕

その恐ろしい黒雲が
またわたくしをとらうと来れば
わたくしは切なく熱くひとりもだえる
北上の河谷を覆ふ
あの雨雲と婚すると云ひ
森と野原をこもごも載せた
その洪積の台地を恋ふと
なかばは戯れに人にも寄せ
なかばは気を負ってほんたうにさうも思ひ
青い山河をさながらに
じぶんじしんと考へた
あゝそのことは私を責める
病の痛みや汗のなか
それらのうづまく黒雲や
紺青の地平線が
またまのあたり近づけば

わたくしは切なく熱くもだえる
あゝ父母よ弟よ
あらゆる恩顧や好意の后に
どうしてわたくしは
その恐ろしい黒〔雲〕に
からだを投げることができやう
あゝ友たちよはるかな友よ
きみはかゞやく穹窿や
透明な風　野原や森の
この恐るべき他の面を知るか

この時まで詩人は自然を友のように考えていた。もっと親しく、恋する異性、あるいは冗談まじりに結婚する相手とまで言ってきた。しかし、それは結局のところ自然に甘えているだけだったのか。病床のケンジさんはかるはずみな約束の実行を迫られて怯えている。雨雲と婚するという言葉遣いは「雲雨の交わり」を連想させる。漢文に言う男女の契り（宋玉、高唐賦「旦為朝雲、暮為行雨」）。お行儀のいい中国文学にはめずらしく性行為そのものを、しかしいかにも迂遠に、表現する言葉である。同じようにお行儀のよかったケンジさんがそれとなく使うのにふさわしいとも言える。ただし、この詩人は性を直接は書かなかったが、官能は彼の詩的感受性の中心にあった。自然との交流は官能なくしては成立しない。

自然との恋、風景との結婚はなかばは冗談だったけれども、なかばは本気だった。そのために自分自身を山や川になぞらえた。軽い気持ちで言ったその言葉が今、病床の彼に返ってくる。迫ってくる。あたかも『美女と野獣』の物語の父親のようにタカをくって、あるいはその場の座興にと口にした約束が、後になって実現を迫る。

その時に、自然との婚姻という詩的かつ童話的でいかにもケンジさんらしいと思われる行為を止めるものは何か。病床の幻想の中で、それではあちら側に行ってしまえばいいではないかという声を遮るものは何か。結局のところ、それは肉親の恩愛なのだ。現世への執着と言ってもいいし、煩悩と呼んでもいいだろう。

あゝ父母よ弟よ
あらゆる恩顧や好意の后に
どうしてわたくしは
その恐ろしい黒〔雲〕に
からだを投げることができやう

肉親の絆が自由奔放に生きようとする詩人ケンジさんを縛ったというような簡単なこ

とではない。肉親、特に父との間の愛と対立の弁証法的な場にこそケンジさんの生涯はあった。自立を目指しながら遂に自立しきれない息子という自覚があれだけ多くの作品を生み、無報酬の農民支援活動を生み、教育者としての成果を生んだ。「恩顧や好意」は実のところ「恩」の一字だったのではないか。

親より先に死ぬのは、世代から世代へという秩序を乱すのは、子として最大の不孝である。雨雲の側に自分を引き渡すとはそういう意味の行為である。雲となり風となって、大循環の流れにのって、大気圏をかけめぐる。この夢想が彼の作品のあちらこちらに読みとれる。人間であることをやめて自然の側に帰ってしまいたい。自然の側から人間界に落ちてきた謫仙人ないし堕天使の身を自覚することも少なくない詩人はそう思う。しかし、人は天涯孤独に生まれるわけではない。父母の慈愛を受けてようやく一人前の口をきくことができるようになるのだ。ここに思春期の絶対の矛盾が立ちはだかる。親に歯向かうほど偉くなった自分だが、自分がそこまで育ったのはすべて親のおかげ。親を捨てて先へ出ることは原理的に禁止されている。これは解決のしようのないパラドックスである。ブニュエルは「自分が無神論者でいられるのもすべて神様のおかげ」と言った。人は矛盾の相においてこそ生きるものらしい。

それにしても、ケンジさんの思春期は長く続いた。偉大なる父親の影響圏を脱出するのは容易ではなかった。この期におよんでもケンジさんは自然の誘惑と肉親への恩愛の間でおろおろしている。そのためにかつては最も親しいものだったはずの自然が「恐ろしい黒雲」にも見える。そして困惑の果てに友人たちに向かって、人生にはこのような罠が仕掛けられているのだと訴える。警告する。本当に心の中で始末しにくいのは自然ではなく父母の方であることを隠蔽しようとする。

しかし、本当のことを言えば、自然が呼ぶ声はもっともっと強いのだ。だからこそケンジさんは引き裂かれて辛い思いをするのではないか。自然の呼ぶ声に抗する力は彼にはない。

〔風がおもてで呼んでゐる〕

風がおもてで呼んでゐる
「さあ起きて
赤いシャッツと
いつものぼろぼろの外套を着て
早くおもてへ出て来るんだ」と
風が交々叫んでゐる
「おれたちはみな
おまへの出るのを迎へるために
〔〕おまへのすきなみぞれの粒を

横ぞっぽうに飛ばしてゐる
おまへも早く飛びだして来て
あすこの稜ある巌の上
葉のない黒い林のなかで
うつくしいソプラノをもった
おれたちのなかのひとりと
約〔束〕通り結婚しろ」と
〔繰〕り返し〔繰〕り返し
風がおもてで叫んでゐる

ここにあるのはもう自然に対する恐怖ではない。彼はもう「恐ろしい黒雲」を恐れてはいない。むしろ外からの声にうきうきと反応し、今にも病の床を蹴って外へ走り出し、風たちの一人である「うつくしいソプラノ」と結婚したいと願っている。強い風が音をたてて吹くことは誰でも知っている。とりわけ甲高い声で叫ぶものはやはり「うつくしいソプラノ」であるだろうし、オペラに憧れたケンジさんがこういう表現をするのは当然と言える。ここにはもう親たちへの配慮は見えない。詩人は自分を解放してしまった。

そして、先に引いた詩と比べて、こちらの方がケンジさんの本音だったとぼくは思いたい。肉親の絆は強いけれども、外からは野蛮で愉快で野放図な仲間が誘う声が聞こえる。出てゆけば、結婚と官能の喜びも待っている。自然の中へ帰ることができる。そう、こちらが本音なのだ。

18

自然とは読んで字のごとく「自ら然るべくあるもの」である。自然は自分の姿を自分で決める。風景は自然の中から湧いてくるのであって、人の手がこねあげるものではない。

その一方、人は自分にとって都合がいいように自然に手を加える。それが及ばない時には、もしもそうできたらなんと嬉しいことかと考える。台風が来て人々の住む家を次々に壊している時、この台風を海の向こうへ押しやることができたらと誰しもが思う。冷害でいつになっても気温があがらない夏、祈りの力で南から熱風を呼び込めたならと考える。

今、われわれはある程度まで自然に手を加える力を持っているから、この数十年にその力が急速に増したから、自然の猛威を前にしての人間の絶望は理解しがたいかもしれない。特に都会に住んでいる者は、われわれの生のすべてが自然という土台の上に乗っていることを忘れて生きている。

ケンジさんは田舎で農業技師という自然を相手の仕事をしていたから、自然のことをよく知っていた。自然観は彼の思想の一つの柱だった。自然の恩恵だけでなく自然の猛威の方もわかっていたから、時おり人間にとって都合よく改善された自然ということを考えた。科学者ではなく技術者の発想である。しかし詩人だったから、その発想はしばしば雄大で、そのスケール感が楽しい。『グスコーブドリの伝記』の中には、火山を人工的に噴火させて大気の中の炭酸ガス濃度を増し、それによって気温を上げて冷害を防ぐという話が出てくる。現在の知見をもってすれば、五度の温度上昇というのはいかになんでも大きすぎるし（生態系は速やかに崩壊するだろう）、成層圏まで上がった火山灰による遮熱効果の方が大きいはずなどといろいろ言えるけれども、当時はまことに新鮮な考えだっただろう。

おもしろいのは、風景を人の手で作るという考え方である。たとえば、この詩などどうだろう。

装景手記

六月の雲の圧力に対して
地平線の歪みが
視角五〇度を超えぬやう
濃い群青をとらねばならぬ
早いはなしが

ちやうど凍った水銀だけの
弾性率を地平がもてばいゝのである
　Gillarchdox!　Gillarchdae!
　　いまひらめいてあらはれる
　　東の青い橄欖岩の鋸歯
けだし地殻が或る適当度の弾性をもち
したがって地面が踏みに従って
寒天あるひはゼラチンの
歪みをつくるといふことは
ヒンヅーガンダラ乃至西域諸国に於ける
永い間の夢想であって
また近代の勝れた園林設計学の
ごく杳遠なめあてである
　……電線におりる小鳥のやうに
　　頬うつくしい娘たち
　　車室の二列のシートにすはる……
然るに地殻のこれら不変な剛性を
更に任意に変ずることは

恐らくとても今日に於ける世界造営の技術の範囲に属しない
　　……タキスの天に
　　　ぎざぎ〔ざ〕に立つ
　　　　そのまっ青な鋸を見よ……
地殻の剛さこれを決定するものは
大きく二つになってゐる
一つは如来の神力により
一つは衆生の業による
さうわれわれの師父が考へ
またわれわれもさう想ふ
　　……そのまっ青な鋸を見よ……
すべてこれらの唯心論の人人は
風景をみな
諸仏と衆生の徳の配列であると見る
たとへば維摩詰居士は
それらの青い鋸を
人に高貢の心あればといふのである
それは感情移入によって

生じた情緒と外界との
最奇怪な混合であるなどとして
皮（相）に説明されるがやうな
さういふ種類のものではない

〔以下略〕

最初の四行は、いかにも科学的な表現だが、一種のフィクションである。つまり、雲の圧力で地平線が歪むというのも、それを（空の？）色が制御するというのも、地平の（地殻の）弾性率が融点である零下三八度八六以下で固体になった水銀のそれに等しければというのも、科学者の間でのみ通用するような冗談である。だから、次に、Gillarchdox!　Gillarchdae! という別の冗談が続いてもおかしくない。Gillarch は魚の解剖学に言う「鰓弓」。dox と dae はそれをいよいよ学術用語らしく見せるための語尾。しかし、gill は鰓であってギザギザ感があるから、それが次の「青い橄欖岩の鋸歯」を引き出すとも考えられる。

地殻の弾性率をある値に定めれば、風景は最も美しくなる。これがこの詩の原理。この格の大きい考えをなお一層大きくして、いわば誇大妄想の規模にまでしてしまったところがおもしろい。なにしろ、ケンジさんは

けだし地殻が或る適当度の弾性をもち
したがって地面が踏みに従って
寒天あるひはゼラチンの
歪みをつくるといふことは
ヒンヅーガンダラ乃至西域諸国に於ける
永い間の夢想であって
また近代の勝れた園林設計学の
ごく杳遠なめあてである

とまで言うのだ。彼が花壇設計に身を入れていたことは広く知られているが、西域にも近代造園学にも、踏むたびにゼラチンのように歪む地面が理想という考えはなかっただろう。これはもうSFの中の惑星地質学の領域に属する話だ。

　そういうことをケンジさんはどうやら汽車の中で考えているらしい（「……電線におりる小鳥のやうに／頬うつくしい娘たち／車室の二列のシートにすはる……」）。その汽車の窓から青い鋸（のこぎり）状の山脈が見える。その背後にはタキス（すなわちターコイズ、トルコ玉、緑と青の間の色を呈する宝石）の色の空がある。その空に浮かんだ雲の重みは山々の輪郭を押し下げているのかいないのか。

その先で、地殻の剛性率のような基本物理定数を決めるのが「一つは如来の神力」であり、もう「一つは衆生の業」だというところで、困ったことにぼくのような卑俗なる読者は突き放されてしまう。とりつく島がない。科学者として、そういう短絡の回路はないという前提で、話を進めてきたのではないですかと言っても、「如来の神力」の前には抗弁にならないだろう。「風景をみな／諸仏と衆生の徳の配列であると見る」「これらの唯心論の人人」を前にしては科学は力を失う。信仰なき者は自然と人間と仏性の三位一体には入っていけない。主観が客観と融合しあう世界、つまり唯心論の世界であればどんなにいいだろうとは思うけれども、ぼくは自分が世界の内側にいるとは信じられない。自分と世界は並び立っていると思う。そういう傲慢（ごうまん）を捨てることができない。

科学者としてケンジさんは時おり、物理定数を変えたいとつぶやく。いちばんいい例は、完成するに至らなかった「〔生徒諸君に寄せる〕」という詩の中の

新らしい時代のコペルニクスよ
余りに重苦しい重力の法則から
この銀河系統を解き放て

というところだろうか。それは夢想にしても、その前提には

あらゆる自然の力を用ひ尽すことから一足進んで
諸君は新たな自然を形成するのに努めねばならぬ

という技術主義的な考えがある。人間の足らぬ知恵で作った「新たな自然」がいかに貧

相で、現在のわれわれに災厄をもたらしているか、ここはそれを言うべき場ではないだろう。

風景を自分の手で作るという考えがどこから出てきたのだろう。一つは造園（実際これは花巻温泉遊園地の南斜花壇の設計から生まれた作品であるらしい）。もう一つの手掛かりとして絵画がある。例えば「浮世絵展覧会印象」という詩の中に「一つのちがった atmosphere と／無邪気な地物の設計者」という部分がある。彼はこの作品の中で浮世絵を一種の風景創造と考えている。実際、風景を描くということは現実の風景から主観を通してもうひとつ別の風景を作りだすことに他ならない。

ぼくの頭の中では、科学と宗教はどうしても直接に結びつかない。しかしそこに芸術という一項を加えると、なんとなくわかる気がする。芸術というのは主観と客観を融合するところから始まるものであり、たしかに科学と宗教を媒介する力を備えているのだ。

19

詩と物語はまるで違うものだ。物語を小説と呼んでも、あるいはもっと範囲を限定して童話としたところで、やはり詩とは違う。だが、具体的にどこがどう違うかと問われた時、はっきり答えるのはむずかしい。文字の量が違うとか、行分けしてあるかないかとか、もう少し専門的には韻文であるか散文であるか（つまり、音声に頼る度合い）とか、いろいろなことが言える。その中でもいちばん明快なのは、詩は心の中をそのまま描くのに対して、物語は外の世界に話を移して語るという点だろう。ケンジさんの言葉で言えば、詩は「心象スケッチ」である。童話の方は舞台と登場人物を必要とする。

だが、そう言っている目の前で、この二つはまた融合しはじめるのだ。特にケンジさんのように両方を得意とした文学者の場合、それも詩がずいぶん描写的であり、童話の方は詩的かつ幻想的である場合には、詩と童話はかぎりなく接近する。一例を挙げれば、「ダルゲ」という詩作品には「小品『図書館幻想』を行分け詩に改作したもの」という説明がついている（この作品がまた文語詩化されていたりして。人も知るごとくケンジさんの無数の、未完の、テクスト同士の相互関係はかぎりなく煩雑である）。

ここに一つの光景がある。絵や写真のように一瞬を写しとられた、動きを凍結された光景ではなく、人々の動きや、会話や、空に飛来するものを含んで、その背景に動かない美しい風景があるという、映像的というよりも演劇的ないし映画的な光景。たぶんそれが先にあったのだ。この光景をケンジさんは何度となく詩にしている。詩に書いては手を入れ、また直し、大胆にけずり、別の要素を加え、そのどれもが決定的という印を付されていない。後世のわれわれにはどれが最後のテクストかわからない。おおよその流れがわかるだけだ。

それにしても、その流れを、最初に何があって、それが何によって代わられ、どうふくらんでいったかを辿(たど)るのはおもしろい。この変化の過程は少なくとも十年近くに亘(わた)っている。確定している最初の日付が一九二四年の八月二十二日、最後のテクストの日付は一九三三年の七月五日、つまり彼が亡くなる二か月ちょっと前。ぼくは今、これらいくつものテクストの綿密な順序や推敲(すいこう)の過程を詳しくは知らない。テクスト・クリティクの専門家にとっては実におもしろい課題だろうと想像するが、それはあまりに多大な労力を要するという臆病(おくびょう)な理由から、自分でその深みに足を踏み入れることをためらう。だから、ここでは大雑把な変化の跡だけをたどってみよう。

最初の光景をざっと説明すれば、季節は春。場所は沼に近い田舎の駅のプラットフォーム。そこに数人ないし十数人の娘たちが群れて汽車を待っている。遠くに山が見え、その頂上からは煙がたなびいている。彼女たちには引率者ないし保護者らしき人もいる。第一ヴァージョンとおぼしき「一八四　春」というテクストでは事件らしい事件は起こらない。

　プラットフォームの陸橋の段のところでは
　赤縞のずぼんをはいた老楽長が
　そらこんな工合だといふふうに
　楽譜を読んできかせてゐるし

ぐらいで、いかにも春らしいおだやかな雰囲気が控えめに描写されるだけだ。そこに「青い蛇はきれいなはねをひろげて／そらのひかりをとんで行く」という、とんでもなく幻想的な二行が挿入されるのだが。

　ところが、次のテクストと推定される「一八四ノ変　春　変奏曲」では娘たちの一人の笑いが止まらないという事件が戯曲のように具体的に伝えられる。

（ギルダちゃんたらいつまでそんなに笑ふのよ）
（あたし……やめやうとおも……ふんだけれど……）
（水を呑んだらいゝんぢゃあないの）
（誰かせなかをたゝくといゝわ）

という騒ぎは最後に星葉木という古生代の鱗木(りんぼく)の一種の胞子が喉(のど)にひっかかったためだとわかり、先生の指示のとおり水で湿したハンカチを口に当てて咳払(せきばら)いをすることでそれは除去される。前のテクストで「青い蛇」だったはずの空を飛ぶものはこのテクストでは「ドラゴ」と呼ばれており、それが「何か悪気を吐いた」ことがギルダちゃんの喉をおかしくしたという説が一瞬登場する（このギルダちゃんは「青森挽歌」に登場する「ギルちゃん」だろうか。みんなの心配をよそに「まつさをになつて」遠くを見ていたギルちゃんだろうか）。

次のとおぼしいテクストでは、「青い蛇」ないし「ドラゴ」だった空を飛ぶものがいよいよ前面に出てくる。これは全文を引こう――

春〔一〕　　水星少女歌劇団一行

（ヨハンネス！　ヨハンネス！　とはにかはらじを
ヨハンネス！　ヨハンネス！　とはにかはらじを……）
（あらドラゴン！　ドラゴン！）
（まあドラゴンが飛んで来たわ）

（ドラゴン、ドラゴン！　香油をお呉れ）
（ドラゴン！　ドラゴン！　香油をお呉れ）
（あの竜《ドラゴン》、〔翅〕が何だかびっこだわ）
（片っ方だけぴいんと張って東へ方向を変へるんだわ）
（香油を吐いて落してくれりゃ、座主《マスター》だって助かるわ）
（竜の吐くのは夏だけだって）
（そんなことないわ　春だって吐くわ）
（夏だけだわよ）
（春でもだわよ）
（何を喧嘩してんだ）
（ねえ、勲爵士、竜の吐くのは夏だけだわね）
（春もだわねえ、強いジョニー！）
（あゝ竜《ドラゴン》の香料か。あれは何でもから松か何か
新芽をあんまり食ひすぎて、胸がやけると吐くんださうだ）
（するといったいどっちなの!!）
（つまりは春とか夏とかは、季節の方の問題だ、
竜の勝手にして見ると、なるべく青いゝ芽をだな〔 〕、
〔翅〕をあんまりうごかさないで、なるべくたくさん食ふのがいゝといふ訳さ

ふうい丶天気だねえ、どうだ、水百合が盛んに花粉を噴くぢゃあないか。）

沼地はプラットフォームの東、いろいろな花の爵やカップが、代る代る厳めしい蓋を開けて、青や黄いろの花粉を噴くと、それはどんどん沼に落ちて渦になったり条になったり株の間を滑ってきます。

（ねえジョニー、向ふの山は何ていふの？）

（あれが名高いセニヨリタスさ）

（まあセニヨリタス！）

（まあセニヨリタス！）

（あの白いのはやっぱり雪？）

（雪ともさ）

（水いろのとこ何でせう）

（谷がかすんでゐるんだよ

お丶燃え燃ゆるセニヨリタス

ながもすそなる水いろと銀なる襞をととのへよ

といってね）

（けむりを吐いてゐないぢゃない？）

（けむをはいたは昔のことさ）

（そんならいまは死火山なの）

（瓦斯をすこうし吐いてるさうだ）
（あすこの上にも人がゐるの）
（居るともさ、それがさっきのヨハンネスだらう、汽車の煙がまだ見えないな）
ジョニーは向ふへ歩いて行き、向ふの小さな泥洲では、ぼうぼうと立つ白い湯気のなかを、蟇がつるんで這ってゐます。

最初のテクストから見ると、ずっと言葉づかいが躍動的になって、少女たちの会話がはずみ、その少女たちをこそ書きたかったという詩人の思いがよくわかる。いわばこれは最初に生まれた駅の情景を、その中に配置された少女たちが反乱をおこして乗っ取ったのだ。だからケンジさんは彼女らの言葉を「夏だけだわよ」とか、「そんなら」とか、口語的に精密に写している。炭酸飲料をコップに注いだ時のようにパチパチとはじける会話を書き取りながら、ケンジさんの心は躍っている。

大人の女になる直前の少女には特別の魅力がある。同じ歳の少年たちは煤けているが、少女は輝いている。無垢ではあるが、彼女たちは大人の女の戦略を知らないわけではない。時にはこっそりと使ってみる。この詩でいえば「春もだわねえ、強いジョニー！」と自説を押しつけながらおだてるあたり。

ケンジさんの作品にこのような少女たちが登場するのは珍しい（一つ思い出すのは、本書の7で読んだ「発動機船　一」という詩の中の「頬のあかるいむすめたち」）。彼が教えた学校に少女はいなかった。それでも、ケンジさんの詩集に、あの歳ごろのあの溌剌とした娘たちの魅力に占領されてしまった詩があるというのはなんだか嬉しいことだ。

20

人は何かを信じなければ生きていけない。

そう書いたとたんに、動物だって植物だってそうではないかという考えが浮かぶ。獲物を殺して食べることと、子供を産んで育てることの意味を信じていなければ狼は生きていけない。日を浴び、根から水を吸って、枝を伸ばし、花を咲かせ、実を結ぶことの意味を信じなければブナの木は生きていけない。生命の基本の価値というものがある。生きるとはそれを信じることである。動物と植物はそれを無意識に行っている。

ここで信じるというのは信仰とは違う。もっと単純で、直接的で、手応えがあるもの。信仰の場合、人は敢えて信じる。だから言葉にしなければならない。信仰は何よりも告白するものである。キリスト教には主の祈りがあるし、仏教ならばあるいは「般若心経」を唱え、あるいは四弘誓願（「衆生無辺誓願度、煩悩無尽誓願断、法門無量誓願学、仏道無上誓願成」）を口に出すことで自分の信仰を確認し、宣言する。

しかし、動植物が無意識にできるぐらいだから、生きることを信じるには言葉はいらない。たとえば働くということを信じる。その意味を信じる。抽象的な言葉に換えて信じるのではなく、もっと身体的に、そのまま信じる。「働くこと」を「労働」と呼んでしまっては何かが違う。「労働」には社会的な意義があるが、「働く」は対象と自分の二つの間の関係でしかない。狼と獲物の関係、ブナの木と陽光の関係。「働く」ことの内容も単純明快であった方がいい。他人の資産管理のために複利の計算をするなどというのはどうも複雑すぎる。狼やブナの段階までは戻れないとしても、あまり社会に取り込まれない方が信じやすい。こんなのはどうだろう——

一九二六、七、八、

七一八 井戸

こゝから草削(ホウ)をかついで行って
玉菜畑へ飛び込めば
宗教ではない体育でもない
何か仕事の推進力と風や陽ざしの混合物
熱く酸っぱい亜片のために
二時間半がたちまち過ぎる
そいつが醒めて
まはりが白い光の網で消されると
ぼくはこゝまで戻って来て

水をごくごく呑むのである

草削(ホウ)は hoe つまり鋤(すき)であり、玉菜はキャベツのこと。畑を耕すことがいつもいつもそう単純な快楽ではないだろうし、いつも「亜片」のような陶酔を誘うわけではないだろう。しかしそう思われる時はたしかにあって、ケンジさんはその時の感覚を信じた。それを基準にしようとした。自分の中から「何か仕事の推進力」が湧いて出て、それに「風や陽ざし」が混じり、ぐんぐん働くことができる。それを基準にすれば働くことの価値が信じられるし、そういう働きによって生きている自分を信じることもできる。ひたひたと獲物を追う狼の陶酔、春の雨を葉に受けるブナの陶酔と並ぶことができる。「水をごくごく呑む」ことができて、その水はうまいだろう。

しかし、陶酔がいつも来るとはかぎらない。

一〇一七　開墾　一九二七、三、二七、

野ばらの藪を、
やうやくとってしまったときは
日がかうかうと照ってゐて

そらはがらんと暗かった
おれも太市も忠作も
そのまゝ笹に陥ち込んで、
ぐうぐうぐうぐうねむりたかった
川が一秒九噸の針を流してゐて
鷺がたくさん東へ飛んだ

ここにあるのは疲労感だけだ。開墾は大変な作業である。自然な状態の野山への正面攻撃であり、機械がなかった時代には繁茂する植物をひたすら筋力で刈って、切って、抜いてゆかなければならなかった。抜根という言葉は開拓の場でしか使われないし、今は辞書にもなくなってしまった。あまりに疲れているから「日がかうかうと照ってゐる空も「がらんと暗」く思われる。「ねむりたかった」というのだから、そのまま笹の中に倒れて眠ってはいけない事情が何かあったのだろう。農夫である詩人は周囲の風景を記述するだけで、それについての思いや考えは出てこない。

川の水を針と呼ぶ例はこの作品の半年ほど前に書かれた「七三一〔黄いろな花もさき〕」という詩の中で「川はあすこの瀬のところで／毎秒九噸の針をながす」と使われている。この作品の一か月後に書かれる「一〇四八〔レアカーを引きナイフをもって〕」にも出てくる。この時期のケンジさんの好みの表現だったのだろう（余談ながら、この川はどこか？　花巻市下根子桜のケンジさんの家からは北上川が見えたし、彼はこの家の下、北上川にもっと近い土地を開墾しているけれども、北上川は年平均で三四六トン、最少の時でも八六トンの流量を持つ大河である。では、これは支流の豊沢川だろうか？　あるいはまったく別のところか？）。

この時期、ケンジさんはよく疲れを意識したらしい。学校教師をやめて農夫になり

陽が照って鳥が啼き
あちこちの楢の林も、
けむるとき
ぎちぎちと鳴る　汚ない掌を、
おれはこれからもつことになる
（七〇九　春）

と決意したのはいいが、畑仕事は疲れるのだ。一九二六年五月にこの「春」を書いた七週間後には「七一四　疲労」というタイトルの作品を書いている。その中で

疲れを知らないあゝいふ風な三人と
せいいっぱいのせりふをやりとりするために

あの雲にでも手をあて、
電気をとってやらうかな

と言っている。三人は人間か自然現象か幻覚かわからない。

しかし、考えかたによっては、とても喜ばしい気分でぐんぐん働いてその後でうまい水をごくごく飲むのも、体力の限界まで自分を駆使して働いて疲れはててただ呆然と風景を見るのも、どちらもそれ自体でよいこと、いわば大いなる肯定の姿勢で受けるべきことなのかもしれない。人が地面を耕すという構図そのものを信じるべきなのかもしれない。『なめとこ山の熊』の小十郎ならば、山に行ってけものを追うことは肯定され、町に出て毛皮を売る方は嫌な側面として描かれる。同じように、人は他人を相手に言葉を操るよりも、土を耕す方が好ましい（その方が人間らしいとは言うまい。言葉を操ることで人間は自然から離れて人間になったのだから。黙々と耕す方が狼やブナに近い。つまり自然に近い）。やがて手に持つ鋤は耕運機に変わるだろうが、それでも人が土を耕す姿はいいものだ。

ではそれをそのまま認めてしまおうか。人が耕し、その周囲に風景があるという構図を受け入れようか。たとえばこの詩のように——

一〇三六　燕麦播き

一九二七、四、一一、

白いオートの種子を播き
間に汗もこぼれれば
畑の砂は暗くて熱く
藪は陰気にくもってゐる
下流はしづかな鉛の水と
尾を曳く雲にもつれるけむり
つかれは巨きな孔雀に酸えて
松の林や地平線
たゞ青々と横はる

「つかれは」以下がむずかしい。「酸えて」は「すえて」と読むのだろうか。敢(あ)えて意味をさぐってみれば、燕麦(えんばく)（オート麦）の種播(たねま)きをした農夫の疲労が酸化されて巨(おお)きな孔雀になり（つまり「酸える」は、「AはBに変わって」とか「AはBに戻って」とかの場合の「変わる」「戻る」と同じ働きの動詞と考える。Aが元の形でBは変化の結果）、それが（「松の林や地平線」の上の？）空にかかる。

空と孔雀については『春と修羅』の「序」に「みんなは二千年ぐらゐ前には／青ぞら

いっぱいの無色な孔雀が居たとおもひ」というところや、『インドラの網』の中の「空一ぱいの不思議な大きな蒼い孔雀が……」というところを思い出しておこう。ケンジさんは青空に孔雀を幻視する。

ここでは農夫の疲れは孔雀にメタモルフォーズすることでいわば自然の側に回収される。自然と人間の間には回路があって、人間は自然の中にいることを信じていられる。この時の自然は、冷害の年の自然と違って、人間に対して無慈悲ではない。

それでも問題は残る。それで人間の側は帳尻(ちょうじり)が合うのか。人は生きてゆくことを許されているのか。それを次に見てみよう。

21

前章では労働の価値をめぐる詩篇をいくつか見た。労働に対するケンジさんの姿勢は揺れている。時には労働は喜びであり、時にはただ疲労を招くだけ。それでも人は自然に対して労働という形で働きかけ、その成果によって生活を維持する。農業というのは直接に自然を相手にする面の多い仕事だから、この構図が見てとりやすい。自然はわれわれを生かしめるか否か、人間は生きてゆけるか、現実はなかなか微妙である。東北地方はしばしば冷害におそわれる。投下した労働に対する成果は少なく、帳尻は合わない。一年は備蓄でしのぐとしても、それが二年三年と続いたらどうなるか。

『グスコーブドリの伝記』は「七月の末になつても一向に暑さが来ない」という冷害の話からはじまっている。「そしてたうとう秋になりましたが、やつぱり栗の木は青いからのいがばかりでしたし、みんなでふだんたべるいちばん大切なオリザといふ穀物も、一つぶもできませんでした」。人々はこの辛い一年を備蓄でしのぐ。「それでもどうにかその冬は過ぎて次の春になり、畑には大切にしまつて置いた種子も播かれましたが、その年もまたすつかり前の年の通りでした。そして秋になると、たうとうほんたうの饑饉になつてしまひました」。ここで社会は崩壊する。

今は一九二〇年代に比べれば備蓄の量が違うし、肥料や品種改良によって冷害対策はずいぶん進歩したように見えるが、本質的には何も変わっていない。自然の側の事情で作況がぐんと悪くなる可能性はいつだってある。国際的な融通で当面の危機を回避することはできるだろうが、それを超える世界的な旱魃だったらどうするのか。協力は一転して奪い合いになる。結局のところ、ことを決めるのは自然の側なのだ。

一〇八二〔あすこの田はねえ〕　一九二七、七、一〇〔〕

あすこの田はねえ
あの種類では窒素があんまり多過ぎるから
もうきっぱりと灌水を切ってね
三番除草はしないんだ
……一しんに畔を走って来て
青田のなかに汗拭くその子……
燐酸がまだ残ってゐない？
みんな使った？
それではもしもこの天候が

これから五日続いたら
あの枝垂れ葉をねえ
斯ういふ風な枝垂れ葉をねえ
むしってとってしまふんだ
……せわしくうなづき汗拭くその子
冬講習に来たときは
一年はたらいたあととは云へ
まだかゞやかな苹果のわらひをもってゐた
いまはもう日と汗に焼け
幾夜の不眠にやつれてゐる……
それからいゝかい
今月末にあの稲が
君の胸より延びたらねえ
ちゃうどシャッツの上のぼたんを定規にしてねえ
葉尖を刈ってしまふんだ
……汗だけでない
泪も拭いてゐるんだな……
君が自分でかんがへた

あの田もすっかり見て来たよ
陸羽一三二号のはうね
あれはずゐぶん上手に行った
肥えも少しもむらがないし
いかにも強く育ってゐる
硫安だってきみが自分で播いたらう
みんながいろいろ云ふだらうが
あっちは少しも心配ない
反当三石二斗なら
もうきまったと云っていゝ
しっかりやるんだよ
これからの本統の勉強はねえ
テニスをしながら商売の先生から
義理で教はることでないんだ
きみのやうにさ
吹雪やわづかの仕事のひまで
泣きながら
からだに刻んで行く勉強が

まもなくぐんぐん強い芽を噴いて
どこまでのびるかわからない
それがこれからのあたらしい学問のはじまりなんだ
ではさようなら
　……雲からも風からも
　透明な力が
　そのこどもに
　うつれ……

わかりやすい詩であり、そのせいかケンジさんは生前にこれを雑誌に発表している。中心にいるのはケンジさんに農事指導を受けて稲作をやっている「こども」。一年前に講習会で会って以来、ケンジさんはなにかと目をかけてきたらしい。「こども」と呼ばれるほど若いのに自分一人で田を作っているについては、親が病気かいないのか、何か理由があるのだろう。ケンジさんが彼の田に行き、彼は走ってきて指導を仰ぐ。ケンジさんは農学校の教師だったし、それをやめて羅須地人協会を作ってからも農民に稲などの作りかたを教えることは熱心にやっていた。この時期には二千件を超える肥料設計をしたという話が伝わっている。講習会をやったり、個々の農民のところに行って具体的な方策を授けたりは日常のことだった。その中にこの「こども」との出会いもあった。

一人でがんばっているこの健気（けなげ）な子をケンジさんは応援する。陸羽一三二号（もうみんな知らないだろうが、稲の品種である。コシヒカリやアキタコマチのように美味ではないが、病気や冷害に強くて収量も多い）を「こども」は自分の知恵と力でじょうずに作っている。

しかし、ケンジさんは彼の努力をそのまま肯定して喜ぶことができない。疲れが見えるのだ。労働と成果の間で帳尻が合っていない――

冬講習に来たときは
一年はたらいたあととは云へ
まだかゞやかな苹果のわらひをもってゐた
いまはもう日と汗に焼け
幾夜の不眠にやつれてゐる……

別の版ではこの最後の行は「幾日の養蚕の夜にやつれてゐる……」となっている。蚕がいちばん育つ時期には世話をする方は昼夜の別なく桑の葉をやらなければならない。田の方も手間がかかるし、本当に眠る暇がない。だが、それはそれとして、この一年前と比べてこの「こども」の状況は悪くなっている。だからこそケンジさんは彼の努力をねぎらい、元気づけるのだ。

しかし、ケンジさんの言葉は実は空疎に響く。この詩を読む者は、「こども」の稲は本当にちゃんと育っているのかと微かな不安を抱く。同情の姿勢が稲の発育状況の判断を歪めてはいないか、それが気になる。全体としてこの詩の中のケンジさんは自分の考えに自信がなくて、ふらふら揺れている。

これからの本統の勉強はねえ
テニスをしながら商売の先生から
義理で教はることでないんだ
きみのやうにさ
吹雪やわづかの仕事のひまで
泣きながら
からだに刻んで行く勉強が
まもなくぐんぐん強い芽を噴いて
どこまでのびるかわからない
それがこれからのあたらしい学問のはじまりなんだ

とケンジさんは言う。本当にそうだろうか。これもまた同情で歪んだ修辞ではないか。「テニス」や「商売」や「義理」という言葉で楽に勉強できる立場の者を表現し、逆に

「吹雪」や「わづかの仕事のひま」や「泣きながら」でそれができない者を表現する。そうではないだろう、と読む者は思う。誰でも勉強に専念できる環境にあった方がいいに決まっている。その立場にありながら自分の力をそこに注がない者は軽蔑すればいい。しかし逆境の方が勉強ができるというのは単なるつよがりでしかない。

農業のように自然に近い営みの場合、現場に近い者の判断が正しいという原則はもちろん成り立つ。畑で過ごす時間が大事。少しでも長く土を踏んで、風を感じ、日を浴び、雲の動きを見ている者が自然の動向を正確に読む。そういう現場の知の前では、書物や研究室の知は何ほどのものでもない。いや、現場の知と書物の知は分担が違うというべきか。少なくとも書物の知だけで自然相手の仕事がうまく運ばないのは今の農業を見ていればよくわかる。しかし、ケンジさんはこの詩の中でそこまでは言っていない。分析が届いていない。

その先にあるのは

……雲からも風からも
透明な力が
そのこどもに
うつれ……

という祈り、すなわち命令形をまとった願望。結論としてずいぶん弱い。それはケンジさんが引き受けなければならなかった人間の弱さではなかったか。

22

ものを考えるサイズは人ごとに違う。昨日と今日と明日のことだけを思い、向こう三軒両隣だけを見て満ち足りる人がいる一方、いやに遠くの方にばかり目が行く者もいる。ケンジさんは遠くを見る人だった。「今」「ここ」の現実が辛(つら)いから、遠くを見ることでそれを中和する。今のここを離れることで客観的な視点を得る。

ケンジさんが見た遠くとは、地理的にはたとえば西域、「葱嶺(パミール)先生の散歩」に見るような西の乾いた仏教圏であり、『氷河鼠の毛皮』の舞台となった童話的なベーリング海周辺から北極までの地域であり、想像力によって遠方化された岩手としてのイーハトーブである。近くの土地に遠くを重ねるのは決して逃避ではない。ここにあってここでないものを見せることによって、ここを相対化し、大きな世界への出口を示しながら、結局は力を得てここへ戻る。あるいは、此処(ここ)と彼処(かしこ)の二重性を生きる。

時間的にはケンジさんの視野は更に広い。実にあっさりと二千年ぐらいの時間を飛び越える。生前唯一の詩集『春と修羅』の「序」の詩にこういう部分がある——

　おそらくこれから二千年もたつたころは

それ相当のちがつた地質学が流用され
相当した証拠もまた次次過去から現出し
みんなは二千年ぐらゐ前には
青ぞらいつぱいの無色な孔雀が居たとおもひ
新進の大学士たちは気圏のいちばんの上層
きらびやかな氷窒素のあたりから
すてきな化石を発掘したり
あるひは白堊紀砂岩の層面に
透明な人類の巨大な足跡を
発見するかもしれません

この部分には往来の運動感がある。詩人はただ二千年先の科学を夢想しているだけではない。その夢想の中で実は彼は二千年後から見ての二千年前、つまり今に時を戻している。そこで「青ぞらいっぱいの無色な孔雀が居た」というのは、今の空にそれがいる（と未来人が思う）ということだ。言われてみてぼくたちは、思わず空に無色の孔雀を探す。詩人は二千年先へ飛んで、またすぐ今に戻っている。しかしその今は、イーハトーブがそのまま岩手ではないように、現実の今ではない。

今に戻るだけでは足りなくて、一億年ほどの昔まで逸走し、その時期に形成された岩の上に人類の足跡を発見しているかもしれないと言う。その知られざる人類は足跡からすると巨大であった。ここの透明という言葉にひっかからない方がいいだろう。これはケンジさんの口癖のような言葉、それも現実から一歩離れて非現実の中に遊びたい時に頻用される言葉だから。実際に人類が生まれるはるか昔、恐竜（きょうりゅう）たちの時代に別の人類がいたとする以上、われわれが今のところ知らないその大きな人類は見えないに違いないという洒落（しゃれ）と考えてもいい。

いずれにしても、地史に属する時間はケンジさんにとっては身近なものだった。だいたい彼は石が好きだったし、相手が石となるとその履歴を追いながら考えるべき時間はどうしても長くなる。草の花はうつろいやすいが、石の時間は長い。火山ならば数万年から数十万年で済むけれども、化石となるともっとずっと長い時間を相手にしなければならない。白亜紀（ケンジさんの時代の表記では白堊紀）やジュラ紀（同じく侏羅紀）という言葉がしばしば詩の中に登場する。映画の『ジュラシック・パーク』を見せたらどんな感想を口にしたか、聞いてみたいところだ。

大事なのは、今見るものの上に遠い昔を重ねて幻視することである。「小岩井農場パート四」を見よう——

いま日を横ぎる黒雲は
侏羅（じゅら）や白堊のまつくらな森林のなか

　爬虫がけはしく歯を〔鳴〕らして飛ぶ
　その〔氾〕濫の水けむりからのぼつたのだ
　たれも見てゐないその地質時代の林の底を
　　水は濁つてどんどんながれた

自分が今ここで見ている黒雲が今の大気からではなく、億を単位とする年数の昔の大森林から昇った水蒸気で作られたという夢想は実に美しい。時間旅行という幻想が目の前の雲をきっかけに展開する。その時期は人も知るごとく恐龍の時代、つまりは爬虫類の時代であり、水も豊かな時代だった。白亜紀は今から一億三千五百万年前にはじまって六千五百万年前まで続いた。ジュラ紀の方はそれ以前、二億五百万年前から白亜紀の始まりまで（それより昔へ遡ると、時の流れと逆の順序で三畳紀があり、二畳紀があり、石炭紀があったことをここで記憶しておいてほしい。この三つの中で最も古い石炭紀のはじまりは三億六千万年前である）。

ケンジさんはこのような急激な時間のシフト感が好きだった。今のことを言っているのかと思うと、いきなり三億年前に話が飛ぶ。この目の眩むような感じは一度体験すると病みつきになる。

　おれなどは石炭紀の鱗木のしたの

ただいっぴきの蟻でしかない

などという言葉がするっと出てくる(これは「真空溶媒」。ただし、アリなどの膜翅目が地球上に登場して大いに栄えるのは三畳紀からだから、石炭紀の森にアリはいなかったはずなのだが――と言いながらも、ぼくはケンジさんの知識にケチをつけているわけではない。こういう話題についてケンジさんと話してみたかったと思うだけだ)。ちなみに、石炭紀という名は、その時代の樹木が後に地中に埋まって石炭に変わったことに由来する。

時間や空間をいきなりシフトして別の世界に行ってしまうことの最大の利点は、今この卑小なる自分からの解放である。改めて言うが、逃避ではない。今から逃れるのではなく、今の自分を保った上で、それだけではない、より大きな全体に属するものとしての自分もあると再確認することである。

〔胸はいま〕

胸はいま
熱くかなしい鹹湖であって
岸にはじつに二百里の

まっ黒な鱗木類の林がつゞく
そしていったいわたくしは
爬虫がどれか鳥の形にかはるまで
じっとうごかず
寝てゐなければならないのか

これは「疾中」という題でくくられた一連の詩の中の一篇。ケンジさんは病気で床に臥せっていて、しかも相当に苦しい。ここでは夢想は妄想に近いかもしれないが、そうだとしてもすばらしい妄想である。彼自身が地球の生態系そのものと化して(そういう言葉はまだなかったのだが)、時の流れと生物の進化を待っている。「鹹湖」は塩水の湖。死海を思い出せばいいだろうか。地理的な用語が持つロマンチシズムをケンジさんはいつもうまく使う。普段からそういう言葉が頭の中を行き来していたのだろう。「熱い鹹湖」はいよいよ非日常的で、強烈で、美しい。二百里はそれを強調すると同時にこの視点が二百里の遠くを見られるほど高いことを示す。地図を見る時、われわれは高い空の上に自分を置いていることを思い出してほしい。

鱗木は蘆木(ケンジさんは「魯木」と書いたが)と並んで、石炭紀に地球の上を覆った大森林のもっとも大事な木。樹皮が鱗状になっていたからこの名がついた。理科的な事実を押さえておけば、鱗木が栄えていた石炭紀は三億年以上前、恐龍に代表されるような爬虫類が増えて、その中から鳥の祖先とも言われる始祖鳥が誕生したのはジュラ紀も後の方（その化石には、先の「小岩井農場　パート四」でケンジさんが書いたように、歯がある）。その間には二億年近い歳月が横たわっている。それだけの間、彼は「じっとうごかず／寝てゐなければならない」わけだ。

この病める自分と地史との重ね合わせは何だろう。ヘッケルが言った「個体発生は系統発生を繰り返す」という言葉は現在ではあまり真剣に受け取られていない。ぼくたちが母の胎内で育つ時に生物の誕生以来の歴史を辿りなおすというのは美しい説だし、ある程度は妥当する面もあるが、そのまま発生学的事実ではないと今は言われている。それでも、今ここで病床に臥せっている自分が、同時に石炭紀からジュラ紀まで進化してゆく生物の全体像でもあるというのは、やはり美しい夢想である。

近代人は個人であることを宣言されて、共同体の軛から解放された。しかし自由は個人の責任を要求し、個であることの淋しさをも押しつける。より大きな全体に属する自分という安心感はなかなか捨てがたいのだ。その所属の対象として、家や会社や政党や国では俗臭が強すぎる。生物全体の中の自分という宇宙的な感覚、いわば宇宙規模の淋しさを感じることが詩人としてのケンジさんの資質である。

23

ケンジさんの詩や童話を読んだ者は、そこに見られるいくつかの特質の中に、光の過剰と熱の不足を数えることができる。光に関する記述は大変に多いけれども、そのほとんどが熱を持たない、青い、透明な光なのだ。熱を伝えるのは赤い光（ともっと波長の長い赤外線）だから、青い光には熱の印象はまったくない。つまりケンジさんは光は欲しいけれども熱はいらないと言っている。これはどういうことだろう。

とりあえず『春と修羅』を見れば、その「序」は「わたくしといふ現象は／仮定された有機交流電燈の／ひとつの青い照明です／（あらゆる透明な幽霊の複合体）」という言葉で始まっている。自分を現象と呼ぶことがまず新鮮だし、それが「電燈」の「照明」であり、それを光らせているのが「有機交流」だという科学めいた表現も魅力がある。すぐ先で彼は「因果交流電燈」という別の、もっと仏教的な含みのある言葉を使って、自分を人間の世界に連れ戻すのだが、それでも「ひとつの青い照明」には違いない。たとえ「電燈は失はれ」ても「ひかりはたもち」つのだ。見るべきは電燈ではなく、光である。

生前刊行された唯一の詩集の「序」の最初に書いたのだから、これはケンジさんが最も言いたいことだっただろう。詩人や哲学者はなにかと根源に遡りたがる。世界は何でできているか。四大ならば「地・水・火・風」だし、五行ならば「木・火・土・金・水」である。現代物理学は「物質と放射」が宇宙を構成していると教える。放射、すなわち光。重い物質ではなく、質量を持たない放射。世界を明るくするもの。ケンジさんの関心はいつもこちらにある。熱は物質に宿るが、光は自由だ。

コバルト山地

コバルト山地の氷霧のなかで
あやしい朝の火が燃〔え〕てゐます
毛無森のきり跡あたりの見当です
たしかにせいしんてきの白い火が
水より強くどしどしどしどし〔どし〕燃えてゐます

毛無森（森はここでも森ではなく丸い山の意味）は早池峰山の西に連なる標高千四百メートルほどの一峰。きり跡は伐採の跡。そこで「あやしい朝の火が燃えて」いる。それは熱く赤い普通の火ではなく「白い火」であり、しかも「水より強く」「燃えて」いるのだから、やはり冷ややかな火、だからこそ「せいしんてきの」火ということができるのだ。同じような表現は、たとえば『水仙月の四日』の中でも「お日(ひ)さまは、空(そら)のずうつと遠(とほ)くのすきとほつたつめたいとこで、まばゆい白(しろ)い火(ひ)を、どしどしお焚(た)きなさいます。」という風に使われている。

ここで「強くどしどしどし〔どし〕燃えてゐ」るのは朝日だろうか。霧がかかっている向こうから日が昇る。その真っ白い霧のフィルターで熱をすっかり奪われて、いわば精神化されて、詩人の目に届く。風景の中に自分の精神のありようを見てとるのがケンジさんの詩の基本構造である。客観世界と自己は詩人だけに許される不思議な論理によって通底している。そこに「心象スケッチ」という言葉の必然性がある。

光をたくさん溶かし込んだ霧はケンジさんの心の状態としてしばしば登場する。

高級の霧

こいつはもう
あんまり明るい高級(ハイグレード)の霧です
白樺も芽をふき
からすむぎも
農舎の屋根も
馬もなにもかも

光りすぎてまぶしくて
〔（〕よくおわかりのことでせうが
日射(ひざ)しのなかの青と金
落葉松(ラリックス)は
たしかとどまつに似て居ります）
まぶし過ぎて
空気さへすこし痛いくらゐです

霧というのはそんなに高いところまでを満たしはしない。地面から家の屋根ぐらいまでの間にたゆたっていて、その上は晴れていることも多い。そんなところに強い日が当たると、霧そのものが白く眩(まぶ)しく光っているように見える。光の過剰が実現する。だからこれは「高級の霧(ハイグレード)」なのだ、ちょうどコバルト山地の火が「せいしんてき」であるのと同じように。北原白秋は「アカシヤの　金と赤とが散るぞえな」と歌う（「片恋」）。白秋の色彩感はそういうものだ。それを知ってか知らずにか、ケンジさんの「落葉松(ラリックス)」は「青と金」なのである。これは九州と東北の違いであると同時に、二人の詩人の資質の違いだろう。

ケンジさんはいつも光があることを告げた上で、その光が熱を帯びていないと付言する。彼の光にはいつも「白い」とか「青い」とか、そういう形容詞が付く。

報告

さつき火事だとさわぎましたのは虹でございました
もう一時間もつづいてりんと張つて居ります

火事は熱いが、虹は熱くない（Aだと思ったら実はBだったという図式は、たとえばごく短い童話『朝に就ての童話的構図』にも見てとることができる。ここでは蟻の兵士が「目的のわからない大きな工事」と見なしたものが「きのこといふもの」であることが判明する）。精神は決して熱くない。冷ややかなままに、もっと青く透明な世界につながっている。その世界とはすなわち童話で言えば『インドラの網』や『雁の童子』の西域であり、『銀河鉄道の夜』の夜である。

ケンジさんにあっては熱いもの赤いものは、危うく、また忌まわしい。『貝の火』は「とちの実位あるまんまるの玉で、中では赤い火がちらちら燃えてゐる」から、何も知らないホモイたちがいかに喜んでも、どこか禍々しいのだ。この予感が実現することでこの話は終わる。

熱は病である。「永訣の朝」の病床のトシ子さんを思い出そう。

はげしいはげしい熱やあえぎのあひだから
おまへはわたくしにたのんだのだ

この熱の苦しみを脱して、トシ子さんは次の世界へ発って(た)ゆく、青く透明な世界へ——
——

《ギルちゃん青くてすきとほるやうだつたよ》
……
《ギルちゃんちつともぼくたちのことみないんだもの
ぼくほんたうにつらかつた》
……
《どうしてギルちゃんぼくたちのことみなかつた〔ら〕う
忘れたらうかあんなにいつしよにあそんだのに》

とギルちゃんことトシ子さんの友だちは嘆く（「青森挽歌」）。このギルちゃんは「一八四ノ変　春　変奏曲」などに登場して、星葉木の胞子をのどにからめて笑いがとまらなくなるあのギルダちゃんである。たぶん笑いころげる女学生仲間の内にあった頃のトシ子さんなのだろう。

そのギルちゃんはしかしもう笑わない。「ぼくたちのこと」を見ないギルちゃんがどこへ行ったか、「私のうけとつた通信」はこう告げる——

それらひとのせかいのゆめはうすれ
あかつきの薔薇いろをそらにかんじ
あたらしくさはやかな感官をかんじ
日光のなかのけむりのやうな羅(うすもの)をかんじ
かがやいてほのかにわらひながら
はなやかな雲やつめたいにほひのあひだを
交錯するひかりの棒を過ぎり
われらが上方とよぶその不可思議な方角へ
それが〔〕そのやうであることにおどろきながら
大循環の風よりもさはやかにのぼつて行つた

　こうしてトシ子さんは、また彼女を見送るケンジさんは、彼岸に向かうことができる。『ひかりの素足』の兄弟が行って、兄ばかりが帰ってきたところ。『銀河鉄道の夜』のジョバンニとカムパネルラが行きかけて、ジョバンニだけが帰ってきたところ。そこへ行く道が確定したところでようやく、青い透明な光ではなく「あかつきの薔薇いろ」が登場する。しかし、ようやく登場したその「薔薇いろ」にさえ、「あかつきの」というひんやりした修飾句が付いている。決して熱くはないのだ。

ケンジさんが力を注いだのは、農民たちの土の世界から、霊的な青い透きとおった世界への移動、自分の魂だけでなくイーハトーブの農民たちみんなの魂を背負っての移動である。一人ずつ何度にも分けて運ぶから、また戻ってきて次の人の相手をするから、いつになってもケンジさんの詩の中から土の匂いは消えない。

しかしその霊的な世界の方角を示すものとして、彼の目にはいつも青い透きとおった光が見えていた。

24

ケンジさんの「心象スケッチ」のうちでも最も代表的なもの、詩人自身がまず世に示そうとした作品を見ることにしよう。言うまでもなく「春と修羅」。生前に刊行した唯一の詩集のタイトルともなった詩。

大胆に要約してしまうと、ケンジさんという人にとって、人生はいろいろと不満に満ちたものであった。人は老いるにつれて不満をなんとか解消し、あるいは諦め、あるいは妥協して世間と折り合いをつけるものだが、ケンジさんの場合はそのような老いの境地に至ることなく、最後まで青年の不満が続いて終わった。和解はなかった。

不満の理由の第一は社会の不完全にあり、第二はそれをどうにもできない自分の無力にある。社会的にはそういうことになる。その一方、宗教的な理想論から言うならば、世界は完全であるのに自分はそれを認識＝解脱できない不完全な存在であるのが問題。社会的な不満は社会と歴史の重みゆえに簡単には解決しないし、宗教的な不満は宗教というものが人間の不完全性に基盤をおいているかぎり、いわば定義によって解決を禁じられている。この二点について不満を保持しつづけて安易な妥協をしないのが青年である。

春と修羅
(mental sketch modified)

心象のはいいろはがねから
あけびのつるはくもにからまり
のばらのやぶや腐植の〔湿〕地
いちめんのいちめんの諂曲(てんごく)模様
(正午の管楽(くわんがく)よりもしげく
琥珀のかけらがそそぐとき)
いかりのにがさまた青さ
四月の気層のひかりの底を
唾(つばき)し　はぎしりゆききする
おれはひとりの修羅なのだ
(風景はなみだにゆすれ)
砕ける雲の眼路(めぢ)をかぎり
　れいらうの天の海には
聖玻璃(せいはり)の風が行き交ひ

ZYPRESSEN 春のいちれつ
　くろぐろと光素（エーテル）を吸ひ
　　その暗い脚並からは
　　　天山の雪の稜さへ〔〕ひかるのに
　　　（かげらふの波と白い偏光）
　　　まことのことばはうしなはれ
　　雲はちぎれてそらをとぶ
　ああかがやきの四月の底を
はぎしり燃えてゆききする
おれはひとりの修羅なのだ
（玉髄の雲がながれて
　どこで啼くその春の鳥）
日輪青くかげろへば
　修羅は樹林に交響し
　　陥りくらむ天の椀から
　　　黒い木の群落が延び
　　　　その枝はかなしくしげり
　　すべて二重の風景を

　喪神の森の梢から
ひらめいてとびたつからす
（気層いよいよすみわたり
　ひのきもしんと天に立つころ）
草地の黄金をすぎてくるもの
ことなくひとのかたちのもの
けらをまとひおれを見るその農夫
ほんたうにおれが見えるのか
まばゆい気圏の海のそこに
（かなしみは青々ふかく）
ZYPRESSEN　しづかにゆすれ
鳥はまた青ぞらを截る
（まことのことばはここになく
　修羅のなみだはつちにふる）

あたらしくそらに息つけば
ほの白く肺はちぢまり
（このからだそらのみぢんにちらばれ）

いてふのこずえまたひかり
ZYPRESSEN いよいよ黒く
雲の火ばなは降りそそぐ

簡単に言えば世界は春であり、詩人は修羅である。これほど明快に「世界」と「我」の対立、対峙（たいじ）、並立、断絶を図式化した文学作品も珍しい。世界と我の間には調和がなく、世界を前にして我は苛立（いらだ）ち、焦り、「はぎしり燃えてゆきき」し、泣いている。

この詩の中では心象と風景という二つの画像の間に複雑な共鳴関係が成立している。混乱した心象と円満の相にある風景の対比が目的だが、しかしどちらもが見られるものであるという共通点によって結ばれてもいる。心象を自らの中にただ湧くものではなく仮の外部の視点から見るものとしたところに、それが「心象スケッチ」となるとしたところに、この詩の成立の鍵（かぎ）がある。あるいは、ケンジさんの詩業全体の鍵がある。

実際にはこの詩は違う性質を持ついくつもの画像を映画的に編集した体裁になっている。最初の

心象のはいいろはがねから
あけびのつるはくもにからまり
のばらのやぶや腐植の〔湿〕地

いちめんのいちめんの諂曲模様

までの四行はまったくの心象。それが冷たい硬い鋼の色であったり、「あけびのつる」や「のばらのやぶ」のように絡み合ったり、腐食していたりして、全体としては一つの奇怪な「模様」を成している。勝手に増殖したり朽ちたりする植物のイメージ。諂曲は「媚びへつらうこと」を意味する仏教用語で、修羅と繋がりがある。

この詩の優れたリズムについて、ここで説明しておいた方がいいかもしれない。この一行目は「はいいろはがね」に七音が聞き取れる以外は破格だが、次は七七／七七／五五七と少しくずれた七五調になっている。その先も同じように七五調を巧みにくずしながら響きを連ねてゆく。時にまったく違う律が混じる。たとえば

四月の気層のひかりの底を
唾し　はぎしりゆききする

は四四四三／四四五（最後の五は三二とも響く）とたたみかける。このあたりが実にうまくできている。つまり声を出して読んでいて、気持ちがいい。このリズム感と次から次へと繰り出される具体的な映像が、この詩の魅力の相当部分を作っている。

次の丸かっこ内の二行（正午の管楽よりもしげく／琥珀のかけらがそそぐとき）は画

像を切り換えるためのいわば挿入節。似たような鉱物的世界観の表現は「一〇六〔日はトパーズのかけらをそゝぎ〕」にもある。

その先の

いかりのにがさまた青さ
四月の気層のひかりの底を
唾(つばき)し　はぎしりゆききする
おれはひとりの修羅なのだ

は心象から風景への転換。映画の技法でいえば「いかり」の青がそのまま「四月の気層」の青にリゾルヴして風景となり、その中心に見える人物をズームアップするとそれは「唾(つばき)し　はぎしりゆききする」修羅としての詩人であるという具合。

次にカメラはまた詩人の内部に戻り、涙という主観的なフィルターを透して、その主観に彩られた風景を見る――

砕ける雲の眼路(めぢ)をかぎり
れいらうの天の海には
聖玻璃(せいはり)の風が行き交ひ

ZYPRESSEN 春のいちれつ
くろぐろと光素（エーテル）を吸ひ
その暗い脚並からは
天山の雪の稜さへ〔〕ひかるのに

ここで実際に野に立った詩人の目に見えているものは「くろぐろと光素（エーテル）を吸」っている ZYPRESSEN すなわちイトスギの列だけである。光素という言葉には、「真空溶媒」などと同じく、アインシュタインの相対論の響きがある。ちなみにこの「春と修羅」も「真空溶媒」も一九二二年の四月から五月にかけての作で、アインシュタインが日本に来て熱烈な歓迎を受けたのはこの年の十一月のこと。

以下、詩は心象と風景の間を行き来しながら、修羅である詩人の嘆きを綴（つづ）ってゆく。だから「すべて二重の風景」になるのだ。では、詩人は何を嘆いているのか。「まことのことば」が「ここにな」いこと、従って自分には世界が理解できず、自分は世界に受け入れられていないこと。しかし問題はこの事態にかくも激しく、感情的に反応している点ではないか。経常的な不満や不幸感ではなく、何か具体的な理由があっての苛立ち。だが、詩人はその理由を書かない。理由はどうでもいい。理由はきっかけでしかない。それを機にまたも思い出されるのは存在の根源にあるべきものの欠落、「まことのことば」の欠落である。それをずっと意識しつづけたという意味で、ケンジさんは最後まで詩人であり、青年だった。

ポラーノの広場に集う者

　これでも五十年を超えた自分の人生で、最も長期に亘って絶えることなく読んできた文学者は誰かと考えてみると、否応なく宮澤賢治という名が浮かんでくる。長い理由は簡単、読みはじめが早かったのだ。子供の頃に夢中になって読んだ本は少なくない。しかし、『クマのプーさん』や『スタンレー探検記』や『赤い蠟燭と人魚』は間もなく卒業する。いわゆる児童文学の大半は大人になってからは読まない。『アーサー・ランサム全集』や『指輪物語』、『ゲド戦記』などでさえ、気がついてみれば最後に手にとってからずいぶん時間がたっている。自分の最初の長篇を書く時の土台として勝手に利用した『ロビンソン・クルーソー』もその後は読み返していない。それに対して、ぼくはまだ宮澤賢治を読み終えていない。『銀河鉄道の夜』は、夜道を歩く人を照らす満月のように、どこまでもついてくる。卒業することがない。子供にしか読めないから児童文学なのではなくて、大人はもちろん子供にも読めるから児童文学なのだ。

　宮澤賢治は今もわれわれのすぐ近くにいる。彼が書いた童話や詩を読むのは、今の日本の現実から抜け出してファンタジーの世界に遊ぶことであると同時に、もっとも今日的な問題について考える手掛かりと勇気を求めることでもある。彼は科学と宗教という二つの基本的な世界認識の方法の双方について考えた。二つを分けず、一つを選ばなかった。彼は生産の場のすぐ近くに身を置こうとした。農業を通じて自然と人間の関係を正しく理解した。彼は自然を感覚で愛した。彼は近い人を力のかぎり愛しながら、遠い人々と交信しようと試みた。数十年後の世代に属するわれわれは彼にとって遠い人々であるが、しかし作品を通じてわれわれは彼と交信することができる。今もってたくさんの子供や少年少女や大人や老人が、この人の無指向性のアンテナの方に自分のアンテナを向けている。

文学は自分の思索の結果を人に伝えるための手段である。人は思うところ考えることを詩や小説や戯曲に託して世に問う。それでは、宮澤賢治の場合、なぜ童話という形式がもっとも重視されたのか。詩だってすばらしいのだが、しかし詩の場合は彼は少しばかり身を引いた形で書いている。詩ではなく「心象スケッチ」であると言う。あまりに個人的な感懐であって他人にとって意味があるかどうかわからないと韜晦（とうかい）する。『春と修羅』を出版したのだから誰にも読ませないつもりではなかったのだろうが、童話に比べるとどこか彼自身に近く、つまりその分だけ作品が作者から離陸していなくて、その点を本人も気にしている風がある。それでも彼の詩は実におもしろいから、ぼくは今もタイトルもないような地味な彼の詩を一つ一つ、ずいぶん楽しんで読んできた。

それはそれとして、彼の場合いわば表芸として標榜したものがなぜ童話だったのか、ここではその点を少し考えてみよう。この問いをもう一段整理してみれば、なぜ小説ではなく童話だったのか、この二つは宮澤賢治にとってどうちがったのか、そういうことになる。だいたいなぜ童話というジャンルがあるのだろう。先に「子供にしか読めないから児童文学なのではなくて、大人はもちろん子供にも読めるから児童文学なのだ」と書いたが、それではなぜ小説は子供には読めないのか。

童話にはファンタジー的な要素を多く含むものが少なくない。普通の小学生の生活をそのままリアリズムで記述していってもたぶん小学生は喜んでは読まない。もちろん大人も読まない。クラス指導に自信のない無能な教師が何かの役に立つかもしれないとのぞいてみるばかりだろう。童話は日常から離陸することが許され、奨励されている分野である。経験を積むことで大人は現実主義に傾いて保守化してゆくのに対して、子供はまだまだ人間本来の精神の姿を写して天衣無縫、いくらでも想像の翼を広げることができる。文学が生きることにまつわる問題を考える一つの手段であるとすれば、大人のための文学は卑小な生活感の中でそれをしなければならないのに対して、子供が読む文学はもっと大きくて根源的な問題を奔放に語ることができる。それだけ筆遣いがちがう。

宮澤賢治が考えたのはどれも根源的な問題だった。普通は大人になれば、世の中そんなものさと一応はわかったふりをして（実際にはとても解けないと諦めて）顧みない類の哲学的な問題を、彼はいくつになってもしつこく考えつづけた。そういう思想を収める器として小説は小さすぎた。どうやら童話は小説よりも大きな器らしいのだ。ある意味では、彼は大人になることを拒否して生きたとも言える。大人になるのが理想を求めることを諦めて現実を受け入れること、他人の犠牲の上に自分の安楽を築いて平然として生きることだとすれば、彼は大人にならなかった。生活者としては破綻（はたん）に近い人生だったけれども、それによって彼は自分の精神の最も価値ある資質を守り通した。もともと無理を承知のそういう生きかただったのだから、享年三十八歳はしかたのないことだったかもしれない。あれはあれで夭折（ようせつ）ではなく大往生だったとも考えられる（それにしては晩年がずいぶん暗かったけれども）。そして、そのような彼の姿勢に童話はふさわしかった。総論を求めるならばそういうことになるだろう。

もう一つ、童話と大人向けの小説の間にはもっと具体的な違いがある。子供も人間であるから、大人と同じ条件のもとで生きて楽しい思いをしたり苦しんだりする。季節感や飢えや出会いや自然への畏怖（いふ）では大人と子供はちがわない。けれども、子供には一つだけ大人と共有できないことがある。子供の生活には性という要素がない。誰も振り返ればわかるとおり、性と生殖にかかわる問題は成人した後のわれわれの人生の半分を占める。しかし、これは文字どおり未熟な子供には無縁な領域である。あるいは人は性にかかわるところから大人としての堕落の道を歩みはじめるのかもしれない。エデンの神話が伝えるのはそういう事情だったかもしれない。性という重大要素を欠いた上で書かれなければならないのは童話に最初から負わされたハンディキャップである。子供の世界観にエロティシズムがないわけではないが、それは抽象的な形にとどまらざるを得ない。そして、他の作家や詩人たちと比べてみれば、やはり宮澤賢治において性というテーマは細く弱いのだ。これもまた彼の成長拒否の一つの表れと見える。

話を具体的にしよう。彼が書いた話の中でまだしも小説に近いのは何か、どこで小説への道と童話への道が分かれたのか、その点を考えてみよう。これは彼が若い時に童話を書くか小説を書くか迷った上で前者を選んだという意味ではない。大人の小説に近い素材と手法は彼の中にもちゃんとあった。その上で、それを意識してかしないでか巧妙に回避して、最後まで童話を書いた。

『ポラーノの広場』は一九二七年ごろ今見る形になったと見なされている。ちくま文庫版全集には第七巻異稿欄に先駆形とおぼしき『ポランの広場』が欠落の多い形であり、第七巻に正テクスト『ポラーノの広場』、第八巻にはその第三部を脚色した戯曲版の『ポランの広場』がある。その他に第五巻所載の『毒蛾』という短い話は『ポラーノの広場』の第五部の素材とみなすことができる。また「三〇一　秋と負債」という詩には「ポランの広場の夏の祭の負債から／わたくしはしかたなくここにとゞまり」という行がある。いずれにしても、ここでテクストの成立過程に深く踏み込む議論をするつもりはない。

この話はもちろん小説ではない。主人公たちはみな若いし、幻想的な場面も少なくない。そういう意味ではまちがいなく童話だということができる。しかし、どこか他の作品に比べると少しばかり現実に近い場に設定されていて、テーマも拡散しているように見える。全体に宮澤賢治の童話は幅が広い。軽いスケッチのようなものを別にして力の入ったシリアスなものだけを考えても、一つのテーマで作られたものから、多くのテーマを含んでその先へと読者を促すものまでさまざまある。前者の例として『よだかの星』を挙げれば、このテーマは生きるために他を食べるという動物の存在そのものにかかわる矛盾。『フランドン農学校の豚』はもっと明快にフィクションの形を借りた菜食主義の理論の紹介（だからあのような――どこか『魔の山』に似た――羅列型になる）。後者の典型はもちろん『銀河鉄道の夜』。これが『風の又三郎』となるとテーマの数はもっと増えてその分だけ幅広く、これはただ東北の少年生活の一情景を描いただけかという錯覚を呼び起こしかねない。それでもぼくには異なる者の出会いの感動というか、衝撃から相互理解に至る喜びというか、そんなものが核の部分にあって、その意味では『狼森（オイノもり）と笊森（ざるもり）、盗森（ぬすともり）』や『鹿踊り（ししをど）のはじまり』などと共通する和音が全体をリードしているように読める。いわば宮澤賢治におけるマレビト論である。

このように考えてくると、『ポラーノの広場』の印象はいかにも拡散している。その理由の一つは、「前十七等官　レオーノキュースト誌／宮沢賢治訳述」という記載から本文がはじまるこの話が、全体として短篇の連鎖のような構造を持っていることに由来する。『銀河鉄道の夜』の九つの章は全体として一つの流れを作っているが、『ポラーノの広場』の六つの章はそれほど一貫して流れてはいない。

第一章に先立つ前文のようなパートで、主人公（むしろ語り手）キューストはこの物語の当時、「競馬場を植物園に拵え直す」途上の地所にある番小屋に宿直という名目で「月賦で買った小さな蓄音器と二十枚ばかりのレコードをもって」移り住み、「一疋の山羊を飼ひ」、勤務先の博物局では「標本の採集や整理」をするという生活をしていることが告げられる。そして、「では、わたくしはいくつかの小さなみだしをつけながらしづかにあの年のイーハトーブの五月から十月までを書きつけませう。」という風に物語は始まる。全体としてこれが彼の追憶の物語であることが最初に告げられ、それがいくつかのエピソードから成ることも予告されるのだ。いくつか移動はあるものの、基準となる場所はイーハトーブのモリーオ市。

以下ざっと要約してみれば、「一、遁げた山羊」では山羊をきっかけにしたキューストと「十七ばかり」のファゼーロという少年の出会いが語られ、「ポラーノの広場」という謎の祭りの場についての情報が受け渡される。「二、つめくさのあかり」はミーロという仲間も加わってのポラーノの広場探し。「三、ポラーノの広場」は遂にみつかったその広場での祭りの顛末。この広場の場面は幻想的であると同時に、どこか現実味のある山猫博士ことデステゥパーゴなる小悪党が登場して、ファルスめいた決闘劇があり、二つの原理が交錯するような印象を与える。次の「四、警察署」はファゼーロの失踪、それについての警察での事情聴取という探偵小説趣味の場が展開される。「〔五〕、センダード市の毒蛾」では話が一転して、語り手はほとんど休暇のように楽しい出張に行き、そのついでにセンダード市に寄ってそこで毒蛾騒ぎに巻き込まれると同時に落魄の山猫博士に会う。「六、風と草穂」でモリーオ市に戻ったキュースト は元気で一回り成長したファゼーロに再会し、「ほんたうのポラーノの広場」で新しい産業組合の成立を祝して別れる。「※」で区切られた終章はその七年後、「友だちのないにぎやかながら荒さんだトキーオの市のはげ〔し〕い輪転器の音のとなりの室でわたくしの受持ちになる五十行の欄になにかものめづらしい博物の出来事をうづめ」ている。そこへ届いた郵便には「ポラーノの広場のうた」の楽譜が入っていて、それを見ながら彼がモリーオ市の友人たちを思い出すところで話は終わる。

ポラーノの広場は伝説である。「野はらのまんなかの祭のあるとこ」で「つめくさの花の番号を数へて行く」ところである。宮澤賢治の童話の一つの原理として、また児童文学全体の原理としても、日常を離れた別の空間へ特別な方法で行くということがある。『雪渡り』では幼い二人だけがキツネの幻燈会に行くし、たくさんのクラスメイトの中で銀河鉄道に乗れるのはカムパネルラとジョバンニだけである。ピーターパンとウェンディたちは夜明けまでまっすぐ空を飛ぶことによって現世の外にあるネヴァーネヴァーランドに行くし、アリスは穴に落ちることでワンダーランドに行く。

その意味で、ファゼーロと友人のミーロがポラーノの広場を探すのは当然、またそこへの道がつめくさの花の中に読み取れる番地の数字によって表示されているのも当然である。しかし、この話はそういう童話空間への移動が不可能であることから出発している。最初の夜の探索が失敗に終わるのはひょっとして語り手のキューストが同行したからではないのか。つまり、彼はつめくさの花の番号というシステムを信じていないのだ。『そんなにはっきり書いてあるかねえ。』わたくしにはどうしてもそんなにはっきりは読むことができませんでした」。この不信は要するにキューストにはもう「ほんたうのポラーノの広場」へ行く資格がないという意味ともとれる。彼はもう若くない。「頬(ほほ)の赤いチョッキだけ着た十七ばかりの子ども」であるファゼーロとは違うのだ。十八等官として俸給を得ていたキューストは、ファゼーロたちと友人になることはできても、その一員になることはできない。彼はすでにイノセンスを喪失した大人である。

キューストという語り手の性格設定が、この話全体が今一つ核心に踏み込むことを妨げる。そこに更に大人的な、堕落と頽廃(たいはい)を体現した人物としてデステゥパーゴすなわち山猫博士が登場する。『注文の多い料理店』の食いしん坊の「親分」とも、『どんぐりと山猫』の権威ばかりで知恵のない裁定者とも違って、この話の中の山猫は（別当に馬車を御させるところは同じでも）、実は「山猫を釣ってあるいて外国へ売る商売」の人間である、と言ってしまっていいだろう。この場合は全体のトーンを崩さないためにずいぶんコミカルに描かれ、それが成功していることがこの作品の魅力の一つでもあるのだが、しかし要するに山猫博士は悪辣(あくらつ)な実業家であり、ポラーノの広場の伝説を利用して有権者に酒を飲ませる悪しき政治家である。決闘騒ぎはこの小悪党の仮面を剝(は)ぐためには有効だが、しかしそれ以上の力はない。その意味では『ポラーノの広場』は聖盃（せいはい）探究の物語にはなりえない。

この理由からか、物語は漂泊をはじめる。ファゼーロの失踪、語り手キューストの出張、センダード市の毒蛾騒ぎ。考えてみると、この話の本来の主人公はファゼーロだったのではないか。彼を語るのに本人ではなく年上の友人であるキューストを使ったところから、この話は他の作品とは違う形になっていったのではないか。

ぼくはこれが失敗作だと言っているわけではない。一体に宮澤賢治の作品は言いたいことがあふれてくるせいか、構成に問題があるものが少なくない。失敗と成功という尺度を超えている。美しい構成に至ったところで完成を宣言するという方針がないものだから、長い作品はしばしば組立がちぐはぐで収まりが悪い。それを補って余りある細部の魅力と思想の強さがあるからここまで多くの読者を得ているのであって、いわば形式をはるかに超える内容をもっているとも言えるのだが、この話などを見ると構成の弱さがそのまま出てエピソードの羅列のように見える。そしてその一番の理由はやはりキューストという人物の設定にあるように思われる。彼は作者に近すぎるのだ。博物館に勤める官吏、若くて独身、野原の真ん中で山羊を飼って、「毎朝その乳をしぼってつめたいパンをひたし〔〕て」食べる生活。つつましい生活と科学にかかわる仕事。「俸給もほんのわづかでしたが」とはいうものの、生活を保障されてなおかつ博物学の実践が日々の仕事というのは、自然に親しみをもつ若い人にとって理想の生活である。今もこの境涯を理想とする人は少なくないに違いない（実際、ぼくが地方都市の博物館などでしばしば出会う学芸員はみな実にいきいきしている）。これは宗教と文筆という当面の（しかし重い）目的が捨てられたと仮定した場合の、宮澤賢治の理想の生活ではなかったか。だから、これは少しばかり歳をとった者の目から見た若者の汚れなき社会改革の野心の物語に見える。そして語り手はその輪に入っていけない。身を引くしかない。

ともかく物語は続かなければならない。作者はファゼーロを行方不明にし、あまつさえ彼が山猫博士たちに撲殺されてその死体が醋酸乾溜工場の釜の中で始末されたのではないかというグロテスクな妄想を一瞬いだかせる。しばらくしたところで、手がかりは何もないにもかかわらず、「ファゼーロはファゼーロでちゃんとどこかにゐるといふやうな気がしてきたのです。」とキューストに言わせる。そして何週間かの後、彼はほとんど恩賜休暇ともとれる楽しい出張に出る。話はまるで別の方へ広がり、ぼくたちはしばらくファゼーロのことを忘れなければならない。作者の側から言えば、本当の主人公を失ったまま、なんとか終幕まで話を持たせなければならない。

このあたりの型の破りかたが、『ポラーノの広場』が童話の域をどこかで超えていささか小説の側に入っているのではないかと思われる理由である。つまり、童話に比べれば小説というのは本来ずっといいかげんな器なのだ。子供は、少し親しくつきあってみればわかることだが、実に頑固である。型を崩すのを嫌う。彼らにとって世界は秩序をたもっているべきものであって、朝ごはんは決まった時間に用意され、連続テレビ番組は予想を超える展開をせず、すべての物語はハッピー・エンディングで終わるはずなのだ（それを疑うならば、まず三、四歳の利発な子供を一人用意して、五晩ぐらいつづけて正しき「桃太郎」の話を聞かせた上で、六晩目に「そして、侵略者桃太郎とその配下の傭兵は鬼たちの正義の金棒でぽかぽか殴られて死んでしまいました」と言ってみるといい。子供が調達できない場合は、せいぜい想像力を働かせてその時の彼らの憤慨を思い描いてみるといい）。子供たちは無時間の中に生きている。あれほど速やかに成長しながら自分が変わってゆくことに気づいていない。だから定型を好む。最初に登場した主人公は最後まで活躍をつづけて聖盃を得る、というのが彼らの世界観にかなった物語であるのに、『ポラーノの広場』はそうではない。

実際にそういう風に書いた以上、宮澤賢治には童話の埒を超える話を書きたいという意志が僅かながらもあったのではないか。ついそう考えたくなる。しかし、この結論に走る前に話の筋をもう少し追ってみよう。出張でキューストは「イーハトーブ海岸の一番北のサーモの町に立ちました。その六十里の海岸を町から町へ、岬から岬へ、岩礁から岩礁へ、海藻を押葉にしたり岩石の標本をとったり古い洞穴や模型的な地形を写真やスケッチにとったりそしてそれを次々に荷造りして役所へ送りながら二十幾日の間にだんだん南へ移って行きました」。これまた理想の旅である。

先に書いたとおり、『ポラーノの広場』が今見える形になったのは一九二七年頃ではないかと文庫版全集の解説で天沢退二郎は推測している。同じところで彼は先駆型である『ポランの広場』が一九二四年春までには一応できあがっていたとしている。また詩「三〇一　秋と負債」にはたしかに一九二四年という年号がある。こんなことを問題にするのは、実は宮澤賢治が一九二五年の正月にキュースト とほぼ同じコースを、ただし二十日かけて標本を採集しながらではなく足掛け五日の急ぎの旅程で、季節も夏ではなく冬のさなかだが、回っているからである。この旅を元に彼は「発動機船」、「三五六 旅程幻想」、「三五八　峠」など優れた数篇の詩を書いている。『ポラーノの広場』に出てくるサーモという町の名が八戸市内の鮫だとすると（同名の八戸線の駅もあり、この八戸線が久慈までの途中の種市まで開通したのが一九二四年のことで、それを機に彼は三陸の旅に出たのではないかとも考えられる。欠落の多い先駆型『ポランの広場』のテクストにはこの旅の出発の場面だけが残っている）旅から戻ってから書いたのか、自ら旅に出る計画を頭の中で立てながら書いたのか、今一つわからない。

いずれにしても、このイーハトーブ海岸こと三陸海岸の旅の部分は全体の流れの中の一つのエピソードであり、その意味では次のセンダード市の毒蛾の話も同じだ。こういうものが次々に入ってくるところにぼくはこの作品が童話としての緊密な構成をどこかで失った結果を読み取る。ちなみにこの毒蛾騒ぎは一九二二年に仙台ではなく盛岡の中心部で起こった実際の事件をモデルにしたものだという。こうなると山猫博士にも何か具体的に三文代議士のモデルがいたのではないかと想像したくなるが、どうもそこまで現実に踏み込む作者ではないようだ。

この毒蛾騒ぎの中へ山猫博士ことデステュパーゴが現れ、偽物の「ポラーノの広場」での奇矯なふるまいが債権者に脅迫されたためだったという一種の告白があって、話はモリーオに戻る。出張の報告を終えて家に帰ってまどろんでいるキューストの前にファゼーロが登場して、失踪（しっそう）についての事実を説明する。彼はセンダードの革を染める工場へ行っていたのであって、今や新しい技術をもってモリーオに帰ってきた。そして、ファゼーロとその仲間たちの若者、それに老人たちを構成員とする産業組合が作られ、「ハムと皮類と醋酸とオートミル」の生産という計画が語られる（これは後日の報告）。

問題はここだ。現行の正テクストにはないが、先駆型の一つには、ファゼーロたちがこの組合活動に参加するようにとキューストを誘う場面がある。『あゝはいっておくれ。おい、みんな、キューストさんがぼくらのなかまへはいると。』『ロザーロ姉さんをもらったらいゝや。』たれかゞ叫びました。わたくしは思はずぎくっとしてしまひました。いや、わたくしはまだまだ勉強しなければならない。この野原へ来てしまってはわたくしにはそれはいゝことでない。」と考えて、キューストはこの申し出を断る。その結果、七年後に荒（すさ）んだトキーオ市で輪転器の隣で原稿を書いているキューストをぼくたちは見いだすことになるのだ（この異稿に注目すべきだと最初に言ったのも天沢退二郎である。ぼくは少し異なる視点からそれを敷衍（ふえん）しているにすぎない。まこと先達（せんだつ）はあらまほしきかな）。

　ファゼーロの姉であるロザーロ姉さんはこれまでにも実はしばしば登場している。

「二、つめくさのあかり」でもポラーノの広場を探す彼らのところにふわっと登場するし（この場面はまるで全体が霧の中にあるようにおぼろで、曖昧で、美しく、ぼくは『モーヌの大将』を思い出した）、ファゼーロが行方不明になった時には裁判所でキューストに会う。しかしどんな意味でも彼女は積極的な登場人物ではない。

偽物のポラーノの広場で山猫博士を退散させた後、雇い主のテーモという百姓のところに帰ろうとしているファゼーロにキューストは逃げることを遠回しに示唆する。ファゼーロとテーモの雇用関係がどういうものかわからないからこれが単なる職場放棄なのか脱走なのかは判定できないが、前の場面の態度からいうとテーモはなかなか強気の雇い主である。これに対してファゼーロは「ぼくが行かなかったら姉さんがもっといぢめられるよ。」と答えて、テーモの元に戻るつもりであることを伝える。実際には彼は戻らないのだが、それは措いて、この「姉さんがもっといぢめられる」という言葉にはわずかながらも確実に性の力学が働いている。性的な人質としての彼女の像を読者にそっと示している。

そして、最後の場面で同じ力学がキューストを産業組合から閉め出すのだ。かれはロザーロという好ましい娘を「もらう」ことができる年齢と立場に達しているがために、まさにそのために、少年たちと老人からなる産業組合に入ることができない。逆に言えば、宮澤賢治は正しき産業を興すためにもイノセンスは必須だと言いたいのだ。こんな無茶な主張はないと今ぼくたちは思うが、子供への信頼、純潔への信頼のような気持ちが宮澤賢治には強い。「諸君酒を呑まないことで酒を呑むものより一割余計の力を得る。たばこをのまないことから二割余計の力を得る。まっすぐに進む方向をきめて頭のなかのあらゆる力を整理することから、乱雑なものにくらべて二割以上の力を得る。さうだあの人たちが女のことを考へたりお互いの間の喧嘩のことでつかふ力をみんなぼくらのほんたうの幸をもってくることにつかふ」という若い人々の主張の前に、キューストは身を引くしかない。彼にとってロザーロ姉さんをもらうことはそのまま「あの人たち」の側に身を置くことになる。それに気づいてから考えてみれば、この広場には女性がいない。組合は男ばかりで構成されている。この点について別にフェミニズムの視点から批判をするつもりはないが、それにしてもロザーロ姉さんの社会的地位や姿勢はあまりに弱いと思う。

この部分を後に宮澤賢治は削除した。現行の正テクストではこの場面にロザーロ姉さんの名は出てこないし、キューストが組合に誘われることもなく、かつての友人たちに祝福だけを残して去ることになっている（最も盛り上がった場面を書いた原稿には数行の空白がある。彼はこの空白に何を書くつもりだったのか？）。

やはり『ポラーノの広場』は作者の中では成熟拒否の物語、成熟した者の排除の物語として育っていったのだろうか。なぜキューストはファゼーロたちの産業組合に入れなかったのだろう。これを伝記のレベルへ落として考えて、彼がロザーロ姉さんをもらわなかったことと彼自身が生涯独身であったことを重ねたり、彼自身が「ほんとうの百姓」になろうとしてなりきれなかったことの反映をここに見ることはもちろん可能だが、読者にとってそれはあまり意味のあることではない。正しい社会を作ってゆくにはイノセンスが必須であって、社会的かつ性的に成熟した者にはもうそれはない、という根源的な矛盾がここにはある。これは、「他者の生命を奪わなければ生きていけないけれども、他者の生命を奪う者には生きる資格はない」という、『よだかの星』のテーマと同じぐらい深く重い矛盾である。実際の話、いかに堕落したわれわれであれ、この社会を子供たちの手にゆだねるわけにはいかないのだ。

宮澤賢治に性を直接に扱う話がないわけではない。そのためにどんな意味でも童話ではなく、間違いなく大人にしか読めない小説であると見なせる短篇がないわけではない。しかし彼はそちらに向かって進むことを拒んだ。その方向は捨ておかれ、もう一つの道がはるか遠くまで踏破された。だが、その選択はある時点でなされて最後まで揺るがなかったわけではなく、比較的後の段階で書かれたこの『ポラーノの広場』に見るように、時おりは揺り戻しをともなったものだった。イーハトーブの青い透明な光の射す野原にも遠い遠景として性の表象はちらほらと見えていた。一つ例を挙げるとすれば、『土神ときつね』は恋愛のもっとも暗い面を映している。土神をあそこまで駆り立てた衝動は単なる妬(ねた)みや競争心ではなく、もっと心の奥にある強い闇の力、やはり性の力としかいいようのないものである。

性を直接に扱う話の例を挙げておこう。『「短篇梗概」等』という分類に入っている二つの作品、『泉ある家』と『十六日』は、文庫版全集の解説によれば、いずれも一九一八年の土性調査の時の体験をもとに書かれたものだというが、その一方「執筆年代はそれほど早い時期とは思われない。」ともある。たぶんこの二つが、宮澤賢治の作品ぜんたいの中でもっとも性というテーマが直接に取り上げられた例だろう。

その扱いは、しかし、二つの作品ではっきりちがう。どちらも山を行く調査者と山の中に暮らす人々との出会いというパターンに乗っているけれども、『泉ある家』は、山の土性調査にきた二人の若い男が山の中の一軒家に宿をとるという民話の型を踏襲している。家に住むのは老人と「二十ばかりの眼の大きな女」といいよ民話風で意味ありげ。だがその先は話が現実にずっと近くなり、この女が近くの鉱山の鉱夫たちを相手に身を鬻いでいることが明らかになる。「それから二人（引用者注　若い女とたずねてきた鉱夫）はしばらく押問答をしてゐたが間もなく一人ともつかず二人ともつかず家のなかにはいって来てわづかに着物のうごく音などした。そしていっぱいに気兼ねや恥で緊張した老人が悲しくこくりと息を呑む音がまたした。」というところでこの話は終わっている。この場面はずいぶん生々しい。性は社会化されて暗く恥じるべきものとして表出されているわけだが、作者はこのテーマに対して身を引くことなく書くべきことを最後まできちんと書いている。

もう一つの『十六日』は、化石探しに山に入った一人の学生と、山で暮らすおみちと嘉吉という若い夫婦との出会いの話を夫婦の側から描いている。盆の十六日なので鉱山の仕事も休みという晴れた日に、家にいる二人のところへ学生が立ち寄る。彼はわずかに話をして、おみちが盆に作った餅を食べ、お返しに煙草とキャラメルを置いて出てゆく。また二人きりに戻った時、「おみちは娘のやう〔〕な顔いろでまだぼんやりしたやうに座ってゐた。それは嘉吉がおみちを知ってからわづかに二度だけ見た表情であった。」ということになり、嘉吉は腹を立てて「何でぁ、あたな人形こさ奴さぁすぐにほれやがて」と言って、膳を蹴とばす。

都会の学生という、当時の社会では圧倒的に優位に立つ（生物学の用語でいえば）雄の出現に、二人がそれぞれに動揺している。嘉吉は、やがて機嫌をなおした風に、泣いているおみちを抱き寄せ、今日はあいつを肴に遊ぼうと提案する。自分が取り持ってやる。追っていって連れて戻り、自分は兄だとなのって実家に泊るから、今夜はあいつと過ごせばいい、というのだ。「おみちの胸はこの悪魔のさゝやきにどかどか鳴った。」とまで書きながら、作者はここからのたった四行でみごとにこの話を着地させる。結末は明るく、楽しく、その先に当然待っているはずの若くて健康な夫婦の真っ昼間からのおおらかな性交を予想させんばかりだ。

この話を動かしている力は性以外にはない。あるいはそこに都会と田舎という文化的な対立の軸をもう一本入れてみてもいいが、それでも主要な力は性である（同じような状況を描きながら、都会からきた男の側に視点をおいたために結局はいい気な話になってしまった『伊豆の踊子』よりはずっと読後の印象は爽やかだ。まあ『伊豆の踊子』も貴種流離という日本人好みのテーマの最後のセンチメンタルな姿として読めなくもないが、どうもぼくは好きでない）。出会いとその波紋という基本的な構造を踏まえて、理性でコントロールできない性という強い力の暗躍で緊張感を高め、最後に見事にまとめて明るく閉じる。しかもそれを「よく晴れて前の谷川もいつもとまるでちがって楽しくごろごろ鳴」る祝祭の日に設定する。方言の遣いかたも効果的。

要するにこれは実によくできた短篇なのだ。アンソロジーの編纂者ならばどうしても入れたいような逸品。性は人を強く動かすものだから、それを用いればダイナミックで密度のある作品が書ける。彼はその気になればこれだけのものを書く。同時代的な評価を考えてみても、芥川龍之介や菊池寛を向こうにまわしていい勝負ができる。これが小説家としての宮澤賢治の実力。それをあっさり捨てての彼の童話であることを忘れてはいけない。

童話は彼が積極的に選んだ分野である。それしかなかったからそれを書いたのではなく、文字通りあふれる才能をそこに向けて注ぎ込んだのだ。人は成熟してゆく過程で、矛盾する現実を矛盾のままに受け入れるようになる。年齢に応じて狭く現実的な人間観をもとに生きるようになる。作家たちはしばしばそのような現実的な人間像に踏み込むことで作品を書く。しかし宮澤賢治は逆にそこから一歩引くことで、成熟につれて失うはずのものを必死で保持することで、ありうべき人間の姿を描いた（あの生涯に「必死で」という表現はふさわしい)。『貝の火』や『よだかの星』や『ひかりの素足』に見るように彼の世界にも矛盾と不幸と死はあるけれども、それらはイノセントだからこそ人間の根源につながっている。成熟拒否がひとまわり大きな成熟を生む。彼の場合にかぎって、小説の試みと撤退は未熟の結末ではなく大人的なものの見かたの拒否の宣言と読める。子供の中に真理あり、という原理に戻ることを宮澤賢治は生涯をかけて試みたのだ。

宮澤賢治の自然
――星と石と生物と

なぜいまも宮澤賢治は読まれるか

ここ二十年ばかり、宮澤賢治はずいぶん読まれるようになりました。ぼくは一九四五年の生まれで、したがってまともに本を読むようになったのは一九五〇年代の後半から一九六〇年代です。その頃も宮澤賢治という名前はもちろん知られていましたし、ひととおり本も手に入りました。しかし世間一般の評価は、いい童話を書いた人、東北の方にいた人、生前は無名の詩人という以上のものではなかったと思います。一部に熱心な声もありましたけれども、しかしいま見るような、大きな存在ではなかった。少なくとも、生誕百年がこんなに盛大に祝われるとは、その頃は誰も予想していなかったでしょう。

ここで、宮澤賢治とほぼ同じ時期に生まれてほぼ同じ時期に死んだ、もう一人の別の作家のことを思い出してみたいと思います。その人はあの夏目漱石（そうせき）の弟子に当たり、知的ですぐれた作品をたくさん書きました。漱石に倣って近代における個人の生きかたを考え、短篇という文学のスタイルを日本文学の中に確立しました。時には日本の古典に題材をとり、時には海外に元を探し、あるいは自分の身辺から哲学的なテーマを見つけ出して、それをいい短篇に仕立てた。そういう仕事をしながら、最後にやはり賢治と同じように三十代で死んでしまいます。この人は日本の作家の一つの典型、あるいは模範としてずっと考えられてきた。言うまでもなく芥川龍之介という作家です。大変偉い文学者で、日本の近代文学の基礎の一つをつくった人だと信じられていましたから、この人の名前のついた文学賞をいただくと、作家として認めてもらえて、ここで皆さんに向かっておしゃべりする資格が与えられる。それぐらい霊験あらたかな、ありがたい名前です（笑）。

芥川龍之介は宮澤賢治の四年前に生まれて、宮澤賢治が病死する六年前に自殺しています。同じ時期を日本で過ごして、それぞれに才能を開かせた作家なんですが、振り返って考えてみると、少なくとも一九九〇年代の後半に入った今、芥川龍之介はそんなに広くは読まれていない。彼の作品に時を超える力がないわけではないし、今読んでも充分におもしろいのですが、やはり彼の時代は終わったように思います。芥川の仕事は、日本の今の文学をつくる基礎になった立派なものですけれども、その意義は既に文学史上のものとも言えます。

それに対して宮澤賢治のほうは、田舎にいて、ある意味ではほとんど無名のままで終わって、生前刊行された本も自費出版に近いようなものがほんの少しだった。売れたとはとても言えない。一般に作家は死んだあとで一度煉獄に入ると言います。有名な人でもひとまず人気に翳りが見える。時には盛り返す例もありますけれど、そのまま消えていく方が多い。宮澤賢治の場合は、生前はほんとに無名のままで、亡くなってから次第次第にその名が浸透して、死後六十年以上たった最近になって、これほど広く深く読まれるようになった。これは珍しい例だと思います。

なぜ、いま宮澤賢治が広く読まれているのか。それがどうしても問題になります。考えてみると、この人が考えていた問題や、その思索の結果としての彼の作品が、時代に対して早すぎて、ずっと先を行っていたのかもしれない。

しかし、本人はもちろん自分の時代を生きて、その中で書いたわけですから、自分が早すぎるとは思わなかったでしょう。自分は大事なメッセージを持っていると信じて、持てるかぎりの日本語の力を駆使して書いた。しかしその結果としての作品は、速やかに世間全体に広まって評判になるようなものではなかった。本人がそれを不満に思ったかどうかは、ぼくにはわかりません。もともと有名になりたいというような野心に欠ける人であったようです。そして、ひととおり自分にできる限りの仕事をした上で死んでいった、その時点でひとまず彼の人生は終わるわけです。

日本の社会は彼の死後も次々と変わっていきます。大きな戦争もありましたし、復興の過程では彼の時代からは想像もできない新しい社会が現出しました。その中で相対的に宮澤賢治が考えたことの意味が大きくなってきた。いわば彼は先回りして待っていたようなものです。ようやくわれわれのほうが追いついたと言えるでしょう。

では具体的に何が変わったのか。当時の東北地方の科学好きな仏教徒の詩人に固有の問題が、なぜ日本人全体の普遍的な問題に変わったのか。一番大きい理由は、自然と人間の関係です。つまり、時代がどんどん反自然的になって危険感が増したため、われわれは自然と人間の関係について深く考えてきた宮澤賢治を必要とするようになったのではないか。

宮澤賢治は、人間と自然の関係、自然の中から一歩外へ出てしまった人間の幸福と不幸のことをずいぶんしつこく考えました。それは当時の社会を先導する人々、つまり東京に住んでいる都会人たちにとって切実な問題ではなかった。当時の東京での身近で切実な問題は、近代的な社会をどうやってつくるか、その中で個人として人はどうやって生きていくか、それから、日本という国全体を先進諸国と肩を伍するような国に育てるにはどうすればいいか、そのときに個人はどこまで国に対して我慢をしなければいけないか――そういう問題だったわけです。おそらく、芥川龍之介はそういう問題意識を持って自分の文学をつくっていったのでしょう。近代的な社会の誕生に由来する不安感が、芥川の文学の大きなテーマだと思います。

それに対して宮澤賢治が考えていたのは、人間の社会が進んで、自分たちで環境をつくり、その中で安閑と暮らすようになり、技術的な意味で近代化の波が東北にまで浸透してきている。人間は自然から離れて、距離ができてしまった。それに由来する不安にどう耐えていけばいいのか、ということを彼は考えたと思うんです。

宮澤賢治が死んでから七十年近く経ったいま、自然から離れて、技術によって自分で環境をつくって生きるという人間の方法がいよいよ進んできた。それが余りにもはなはだしいので、本当にこれで大丈夫なんだろうかという不安感がある。そういう時になって、この問題をあらかじめ考えていた宮澤賢治の仕事が意味を持ってきた。自然が遠のいた分だけ、われわれは自然について考えざるを得なくなった。その結果、この問題について、過去の日本人の文学者の中で最も精密に、かつ深く考えたのは宮澤賢治であるとようやく気がついたんです。だから、もういちど作品を読み直してみよう、その思想を理解してみようという気持ちが広がっているんだろうと思います。

ではなぜ宮澤賢治は人と自然の関係を考えることができたか。いろいろ思いを巡らせて、実際に自然の場を見て、それを言葉にすることができたのか。

もちろん彼が天才であったから、すぐれた文学者であり、思想家であり、観察者であり、かつ信仰者であったからだという大前提はあります。しかしやはり、彼が花巻でいい家の坊っちゃんに生まれ、学生時代を盛岡で過ごし、そのあともほぼ一貫して岩手県で生きた人であるというのも大きな理由である。つまり、本来の自然に近い生き方と、近代化が進んで東京的なるものが浸透してきた地方都市の両方が見える位置にいたわけです。そういう意味では、花巻という町なくして宮澤賢治はなかった。東京がすべてではない。特に文学の場合、自分がよって立つところに思想のもとがあるという原理の、大変いい例であると思います。

読み尽くせない童話

もう一つ、なぜ宮澤賢治は童話を書いたか、ほぼ一貫して童話しか書かなかったのはなぜか。

童話は子供に読ませる話、と一般に思われていますね。しかし、童話は子供に読める話ではあるが、必ずしも大人の読者を排除するものではない。実際に「子供向け」といわれている話の中には、子供にも読めるけれども、とても中身を読み尽くせなくて、その後、大人になってからもまたそこへ戻って読み直して、いわば年齢ごとに違う思想が見えてくる話もたくさんあります。宮澤賢治の童話がそうです。もう一つ例を挙げれば、サン＝テグジュペリの『星の王子さま』ですね。いわば読者の成長に応じてついてきてくれる童話であるといえるでしょう。

では、なぜ宮澤賢治は、自分の思想を童話というかたちで表現したか。

一つの理由に、子供と自然との関わりがあると思います。子供のほうが自然に近い、言ってみれば、知恵のついた大人と違って子供はまだ動物のままという面をたくさん持っている。目の位置が地面に近くて、野山を駆け回ることが多いし、草や花にも親しい。

さらに、人間社会のルール、約束事を知らない。人間社会の約束事というのは要するに言葉です。言葉でつくったルールがあって、それに則っていれば社会はスムーズに進む。しかし、子供はそのルールをあまり知らない。だから直情径行に、思ったとおりにやろうとして、いつも大人に叱られる。その意味では子供のほうが、犬や、熊や、狐に近いわけです。人は成長するにつれてそういう子供の視点を失う。自然から離れて社会の方に近づく。

だから、自然と人の関係を考えるときには、子供の視点に寄ったほうがものが見える。現在の、複雑な社会の中で生きるように訓練されている大人たちよりも、何百年か前の、まだ野山を駆け回って、自分の手で畑に苗を植え、お天気を心配して、豊作を祈るという一次産業的な生き方をしていた時代の人間に子供は近い。子供の遊びは、昔の自然相手の交渉の真似ですね。野山を走り回るというのがそのまま狩猟採集生活のなごりです。鬼ごっこやかくれんぼにはどこかにハンティングの練習みたいなところがある。その もとにあるのは人間対自然のゲーム的な交渉です。

もう一つの理由としては、子供の話のほうが大胆な思想を乗せやすい。日常茶飯の話をだらだらと書いた中に革命的な思想は盛り込めない。童話だと状況を整理して単純な要素に分解した上で、メッセージをはっきり伝えやすい。童話は武器として使える。たぶんそういう理由からも、宮澤賢治は童話を選んだのだろうと思います。

また別の理由として、彼が若かったということがあると考えられます。私たちはとかく宮澤賢治のことを完全に完成された人格として考えてしまうけれども、実際に大事な仕事をしたのは二十歳代です。さまざまなことを大変な速さで考えていった。しかし、思想にはユニットのサイズがあるんです。たとえば、『戦争と平和』や『カラマゾフの兄弟』のように、長い話でなければ書けない、大きくて内部に複雑な構図を持った思想がある。反対に、比較的単純化しやすい、それこそ、動物は生きていく場合になぜほかの動物を食べなければいけないのかという話、あるいはよいことをした者が褒められたとたんに増長して生意気に図々しくなるのはなぜかという話（これは『貝の火』という、ホモイという兎の子の話ですが）もある。賢治は生きる原理に関してすごいことを次々に考えたけれども、彼が若かったから、それらは小さなユニットの形で次から次へと出てきた。それを大河小説にまとめるゆとりはとてもなかった。

宮澤賢治という人をずっと見ていると、急いでいるんですね。ものすごい勢いでたくさんの話や、詩を書いた。全体として、最初から最後までアレグロで走った。速い。一つ一つを坐り込んでていねいに直して完成させる時間が惜しい。だから書いたら次に行く。しばらくたったら戻ってきて直す。そういうことを何遍も繰り返した。つまり、その場その場が駆け足だったんです。

そうすると、それを全部統合して大きな小説にするいとまがない。だいたい、長い話を書くというのは中年以降の仕事なんですよ。ぼくは千枚の話を書きましたけどね（笑）。

やはり若いうちは、ひらめきの中に深さがある。それが賢治の文学の一番おもしろいところだと思うんです。だから、とりあえず書きとめる。じっくり練るのではなく、いきなり狸と蜘蛛と何とかがパッと出てくるというふうに、スピードを持って書いていた。そういう彼の思想を盛るのには、童話という器が最もふさわしかったんだと思います。

さらに、もう一つ大きな要素があります。それは、宮澤賢治という人には大人になることを拒否する一面があったことです。大人になるというのは、子供の持つ自然の知恵を捨てて社会の知恵に従うことです。それが人間としての成長だと一般には認められています。だから、きみもこの年になったら、大人同士のルールに従わなければいけません、と子供は言われます。つまり自分勝手に振る舞ってはいけない。社会的なルールに沿わなければいけない。その途中で、どこかで子供は自然と別れなければいけない。それができないままに大人になると、世間はそういう大人を何かとバカにするんですね。いい歳をして捕虫網で虫を追っかけていると、ちょっとおかしい、と言われる。

宮澤賢治はどこかで、大人になることを拒否していた。世間の知恵を身につける、たとえばお金の値打ちを信じて財産形成を目的に自分の人生を築くとか、あるいは他人と人間関係のネットワークをつくって政治的な力を駆使するとか、そういうふうな成長の仕方を拒んでいた。ある意味で、幼い子供の自然な状態での無垢な心、イノセンスをなるべく残そうとした。それもまた、彼が童話を選んだ理由だと思います。

成熟の一番大事な指標は、男女関係です。彼はこの問題を、たぶんいったん封印してしまったんだと思います。これは論じ出すと複雑怪奇で、しかもゴシップになる、むずかしい話題ですが、とりあえず、男女関係を自分の文学の中にあまり入れないでおこうとどこかで決めた。これも童話というかたちをとる大きな理由だったんじゃないかと思うんです。子供は男女関係にはあまり関わりませんからね。その結果、彼の話の中には性という要素がほとんど入ってこないようになった（ただし、これは彼の作品の中に官能の喜びがないという意味ではありません）。

自然から離れて大丈夫なのか

童話の中で、賢治が人と自然の関係をどういうふうに書いたか、もう少し具体的に考えてみましょう。

本来ならば、自然は人間社会に抗するものではなく、人間全体を周りからそっくり包むものですね。つまり、すべての生き物は自然の中にいる。外へ出ることなど考えられない。しかし、人間は一度自然の外へ出てしまった生き物です。もともと、自然の中にいた時には、同じくらいのサイズのほかの哺乳類の動物、鹿や猿と同じように生まれて、暮らして、死んでいったんだろうと思いますが、やがて人は自然の外へ出て、知恵によって別の環境をつくり、そこで安楽に長生きをして、子孫を増やすことを選んだ。選んだというよりは、たまたまそういう力を授かったために、それを徹底的に活用して、今のように自然に背を向けた生き方をするようになった。

人間は外へ出たことになってますけれども、実際には、自然の中に固いカプセルをつくって、その中にこもっただけです。その最終的な姿が都市ですね。もちろん、カプセルだけでは生きていけないから、カプセルの外から、水や太陽の光や鉱物など必須の要素をとりこんで、それを消費して、廃棄物を自然のほうへまた押し出す。そういう閉鎖的な生き方を選んだ、不思議な動物です。

たとえば、宇宙飛行士が乗って実験するスペースラブとかソ連のソユーズなんかが山の中にごろんと転がっていると考えてみましょう。ああいう、人が住めるほどのサイズの人工衛星は、普通は中で使う酸素も水も食べ物も全部積んでいて、廃棄物も中に積んだまま最後に降りてくるということになっているけれども、あれが仮に山の真ん中にあって、その中で人が暮らしているとします。外からは、何だか中のほうでやっていることしかわからない。でも、ときどき中からニュッと手が出てきて、外の水を一杯汲んで中へ入れたり、そばを走る兎をパッと捕まえて取り込む。ゴミをぽいと外へ捨てる。そういう実に変なカプセルとして人間の社会はある。その中にいる人は、ほとんど外の自然のことを知らなくて、何か外から勝手に水や何かが来るみたい、と言って安心している。

東京ではどこでも建物の中に水道があって、蛇口をひねれば水が出ます。しかし、その水はおそらく東京都に降った水ではないでしょう。はるか遠くから来る。でも、都民は蛇口からは必ず水が出ると信じて暮らしている。だから、たまに大地震か何かでそのシステムが壊れたら、いきなり目覚めて大騒ぎをする。普段はまったく疑わないですむほど、この社会はうまいぐあいに自然に背を向けているわけです。

そうやって不自然から安楽な生活を選んだことで人は何を失ったか。本当にいいこと便利なことだけなのか。本当にいいことばかりなら、この傾向をどんどん推し進めて、これからも栄えて結構なんですけれども、どこかに、本当にこのまま最後までうまくいくのかという思いがある。その不安が、いまわれわれに宮澤賢治を読ませるわけです。

では、彼の作品の中で具体的に、人は自然に対してどう接していたか。一つの例として、『狼森(オイノもり)と笊森(ざるもり)、盗森(ぬすともり)』という話があります。開拓者の話です。

小岩井農場の北側に、狼森、笊森、黒坂森、盗森というのが実際にありますが、その地名の由来話として物語は展開します。この地方では森というのはむしろ小さな丘のことですが、ともかく、そのあたりに開拓者の一団が、家族何組かでやってくる。そこでまず開拓者たちは、周囲の土地に向かって、「こゝへ畑起(はたけおこ)してもいゝかあ、家建(いへた)てゝもいゝかあ、すこし木貰(きいもら)ってもいゝかあ」と問いかけます。それに対して周囲の土地からは「いゝぞお」という返事がかえってくる。つまり、まず自然に許可を求める。開拓というのは人為であり、反自然です。だから彼らはそれを許してもらえるかとまず問う。

現代であれば、まず飛行機で上から写真を撮って、それで地図をつくって測量をして、設計図を作り、次にブルドーザーが行く。そして真っ平らにならして、基礎を固めて建物をつくる。あるいは少し起伏を残して芝を張っていくつか穴をあけるとゴルフ場になる。芝の維持のためには農薬をたくさん撒く。この場合、周囲の山に向かって「ここをゴルフ場にしていいか」とは聞きませんね。それどころか、住んでいる人にも聞かないでつくってしまうことがある。最近の新聞によれば、奄美大島の住用村にゴルフ場をつくる計画をたてたときに、そこに住んでいるアマミノクロウサギなど数の少ない動物たちに対して「ここをゴルフ場にしていいか」とはだれも聞かなかった。聞かなかったどころか、そういう動物はいないことにして工事を進めようとして、後でそれがバレたわけですが。

しかし、宮澤賢治の作品に出てくる開拓者には、自分たちが自然の中の異物である、自分たちのやり方は本来の自然とは違う法則にのっとるものだ、という認識と遠慮がある。自然に対する畏怖の念がある。だから許可を得て、違うルールであることを認めてもらい、その上で開拓を始めるんです。

ところが、許可を得たにもかかわらず、しばしばものが盗まれる。最初は子供たちがいなくなる。みんなで捜しにいくと、子供たちは狼と一緒に遊んでいる。狼たちは、子供を返して「悪く思わないで呉ろ。栗だのきのこだの、うんとご馳走したぞ。」と言う。子供たちと遊びたいから連れてきて焚き火の周りで一緒に遊んだらしい。

その次には農具が盗まれる。農具がないと仕事になりませんから、これまた探しにいくと、今度は山男がいて、これが笊をかぶって座っていて、その笊の中に農具が入っている。みんなは「山男（やまをとこ）、これからいたづら止めて呉（け）ろよ。」と言って、農具を取り返して戻る。そのかわり粟餅（あわもち）を御馳走（ごちそう）します。最後にはたくわえてあった粟が盗まれる。これもやはり探しにいって、盗森が盗んでいたことをつきとめ、返してもらって、そのかわり粟餅をやることにします。

つまり、自然との間にモノのやりとりがあって、時として人間は損失をこうむるけれども、最終的には話し合いがついて、粟餅を捧（ささ）げるような、ある感謝の気持ちで共存ができる。自然に依存しながら自然をむさぼらないで、そのやりとりの間にバランスがとれている。おそらく歴史上のかなり早い段階では、人間と自然の間に、この平衡関係があったんだろうと思うんです。狼と子供たちが遊ぶことも飯をやることも祭りのはじまりと考えられますね。

殺す殺されるにも倫理がある

さらに農業以前の段階として狩猟があった。山に行って動物を捕らえて食べるのは、一番基本的なかたちですね。それがいまの時代までにどう変わってしまったか、あるいは何が本来の狩猟の要素として残っているか。それを知るには、『なめとこ山の熊』という話があります。

これは小十郎という大変に腕のいい、老いた猟師の話です。もっぱら熊を捕って、熊の胆と毛皮を町へ売りにいって、暮らしをたてている。こういう生活は、自分で食べるための本来の狩猟とは、だいぶかたちが違ってきている。しかも、せっかくの熊の毛皮や熊の胆は、町の商人に買いたたかれる。彼は明らかに近代商業主義、あるいは資本主義的な制度の中にいます。けれども、小十郎はいったん山へ入れば、猟師として、山や熊という自然の要素と昔ながらのつきあいをしている。

猟師というのは野蛮で残酷な職業だという偏見が、いまわれわれの間にはあると思います。なにしろ動物を殺すのだからいけない、という。しかし実際の話、山に行って動物を殺すためには、動物と親しくなければいけない。知らないものは殺せないんです。動物を追いかけていって、相手の知恵をこちらから読み取って、裏をかいて捕まえる。これは戦い、殺し合いであるように見えて、一種の交流なんです。

たとえば春先、冬眠していた熊が出てきますね。まだところどころ雪が残って、木もまだ茂っていないところへ出てきた熊は、雪の上ではとても目立ちます。だから春先は、熊は五葉松など、針葉樹の黒っぽい茂みの中を縫うように動いて、広いところへ出てこない。そうやって身を守る知恵が熊の側にはある。それに対抗して、春先に熊を撃とうとする猟師は、熊が隠れそうなところをずっと見ていかなければいけない。そうやってお互いの習性を知って、理解して、いわばだまし合いをするわけです。その中に一種のつきあいが生まれる。これは、ライオンがシマウマを捕るときと同じような、自然の中での関係です。ある意味で、心の通い合いというとセンチメンタルになりすぎるんですけれども、それに近いものがある。一種の共感を持って猟師は銃を向けるわけです。遠い都市に住む大人や子供の上に落とすべく核ミサイルの発射ボタンを押すのとはまったく違う行為であると思います。

その交流の能力をこの小十郎というすぐれた猟師はちゃんと持っています。母親と仔(こ)熊(ぐま)の会話を立ち聞きすることもできる。熊と気持ちが通うし、そのために優れた猟師にもなれた。その交流の一つの例としてこういうエピソードが書かれています。――小十郎がある熊を撃とうとした時、「もう二年ばかり待って呉れ、〔〕おれ〔も〕死ぬのはもうかまはないやうなもんだけれども少し残した仕事もあるしたゞ二年だけ待ってくれ。」と言って猶予をもらう。やがて二年後、その熊はちゃんと彼の家の前に来て死んでいた。「小十郎は思はず拝むやうにした。」

自然界には自然界の倫理がある。殺す殺されるの関係はそれなりにフェアでなければいけないんです。一方が圧倒的に強くてはいけない。だからこの話の最後では、大きな熊が逆に小十郎を殺します。でも、殺したことを熊たちは非常に悲しんで、彼の亡骸(なきがら)の周りに並んで、通夜をする――「思ひなしかその死んで凍えてしまった小十郎の顔はまるで生きてるときのやうに冴え冴えして何か笑ってゐるやうにさへ見えたのだ。ほんたうにそれらの大きな黒〔い〕もの（引用者注――熊たち）は参の星が天のまん中に来てももっと西へ傾いてもぢっと化石したやうにうごかなかった。」という印象的な場面でこの話は終わっています。ここで語られているのは、殺す殺されるの関係も一つの通い合いである。殺すものは結局は殺される。それによってバランスがとれて、すべてがうまくいく。それが自然界における強いものと弱いもの、食べるものと食べられるものの倫理のルールということです。

自然界にあるのは殺されるという死だけではなくて、いわゆる自然死もある。むしろそのほうが多いかもしれない。狐は兎をとって食べますが、最後にやはり狐も何かの理由で死ぬ。すべての生き物は死ぬ。そういう意味では、死をも含めて生きている。つまり、生きるということの中に、死ぬことが最初から含まれている。だから、死の部分を排除して、生きることだけで人生をつくろうとする考え方は、自然の中にありません。それは実に不自然なことである。

たとえば皮のないリンゴ。皮はゴソゴソ固くておいしくないからいらない、とだれかが言い出す。今ぼくはここで冗談で皮なしリンゴと言ってますが、現在の技術をもってすれば、皮のないリンゴは作れます。現に種のないスイカはある。季節を知らない野菜は山ほどある。そうやって自分に都合のいい部分だけを集めて、いらない部分を排除する。そういう姿勢が、人間が自然を操作するときにどうしても出てくるんです。それでは結局見た目はおいしそうに見えても本来のものではなくなってしまう。都会的な知恵というのはそういうものです。

いのちという言葉はそのまま死を含んでいる。両方がセットになって不即不離である。だから、死ぬということに目をつぶって、ひたすら生き続けようとするというのは非常にねじれた、奇妙なものの考え方、生き方である。こういった、基本的な死についての自然寄りの主張が、宮澤賢治の書くもの全部を一本太く貫いているように思います。

風の又三郎と風野又三郎

しかし、やはり生きていると、いろんな不幸に出会うし、苦しみもある。それはどうするか。

人間はそれに対しても、とりあえず知恵を使ってみたんです。それが、科学になった。科学の原理は、自然を綿密に観察して、その中に原理を見つけ出して、その原理を利用して自分たちにとって都合のいい装置をつくる。それによって自然の一部だけを取り込んだ閉鎖的な環境をつくって、その中で生きる。それがいまの科学技術というものの原理なんです。宮澤賢治も、技術に至る前の科学の段階、観察と分析と原理の抽出の段階まではたいへん好きでした。

まず、宮澤賢治という人は自然が好きだった。野原に出ていることの居心地のよさが、書くもの全てに出ていますね。去年から、この人の詩を一つ一つ読み解いていて気がついたんですが、建物の中にいるところを書いた詩がほとんどないんです。全て屋外。それは野原であったり、山の中、林の中、稀(まれ)に海の岸辺だったりするんですけれども、いつでも外にいる。ですから、つねに頭上には青空や曇り空があり、夜ならば月が光っていたりする。自然の中にいることそのものが彼にとってはたいへんな幸福なことで、雨に降られようと、吹雪の中だろうと、やっぱりこれは気持ちがいいこと、うれしいことだったことが伝わります。

その中で賢治はたいへん精密に自然を観察しています。ちょっとした雲の光り方を実にうまい言葉で表現する。彼の詩にもいろいろバラエティがあるんですが、自然の一瞬のきらめきを見事に言葉に定着させて表現するのがうまい。野外にいるのが好きである。花や石や風景や星を見るのが好きである。これはもう理屈とか才能とか以前の好みの問題、生まれつきの姿勢、心のかたちの問題ですね。だから、自然との一体感が実現する瞬間を好んで書きます――「小岩井農場」という長い詩は「わたくしはずゐぶんすばやく汽車からおりた／そのために雲がぎらつとひかつたくらゐだ」という二行から始まります。

賢治は、観察し、それを整理して自然のルールを見つけ出すことを、子供たちの遊びの中でごく自然に教育的にやろうとします。その中から生まれた話として『風の又三郎』があります。ただここでぼくが話題にしたいのは、いま皆さんが普通にお読みになっている版ではなくて、『風野又三郎』という別のバージョンです。こちらのほうが、より科学に近い。こちらの風野又三郎という少年はほとんど風の霊そのものなんです。

風が子供の姿をしてやってくる。地球の上を風として吹き回って、大循環に乗ってくる。熱帯地方で、太陽熱で空気が温められて上昇し、それが北半球や南半球の極のほうへ流れていって、そこで冷やされて沈んで、それから海に沿って赤道のほうへ戻ってゆくという大きな大気の循環に乗ってくるんですね。そして、自分が地球全体を飛び回る楽しさ、嵐のときに風となって木を倒すおもしろさを夢中になって語る。

そんな風の子供が九月の初め、二百十日、二百二十日のころ、いきなり山の中の小さな分校にあらわれる。生徒たちはいわゆるマレビトとしてこの少年を迎える。風の子は彼らに世界の広さ、自然の力の大きさを教えます。子供たちは不思議な客を迎えてワクワクして、心騒いで、動揺して、刺戟を受ける。目を輝かして話を聞いたりさまざまな応答をする。でも、この風の子供の姿は先生には見えない。先生には見えないというところが、『風の又三郎』と『風野又三郎』の一番の違いなんです。

『風野又三郎』は、そのころの科学の知識を子供たちにうまく伝えています。風というのは何をしているものなのかという理科としての知識だけでなく、風が人の心を強く動かす、あの感覚も伝えます。野原に立っているときに風が吹いてきて、木がザワザワと揺れる、あの瞬間の不思議な心の高揚感ですね。そういうものを全部と、それから山の小学校の日々の暮らしの楽しさ。勉強はちょっとしかしなくて、あとは山の中を走り回ってみんなで遊びながら、たとえば子供同士のつきあいのルールをそこでつくってゆく。いまの子供たちにはなくなってしまったと思うんですが、年の違う子たちがみんな一緒になって遊んで、その中で自分の性格に合わせて何かを言ってほかの子の反応を引き出す。そうやってお互いを知っていくという子供時代の楽しさ、それら全てを含めて、宮澤賢治はまず『風野又三郎』を書いたのだと思います。

　そして後にこれを改めまして、一見したところ普通の転校生である高田三郎という子供を登場させました。この子は転校生ですから、もちろん先生にも見えるし、実在する。しかし子供たちは、本当にあれは転校生だろうか、言い伝えに聞くところの風の又三郎ではないだろうかという疑いを持つ。現実の転校生の子供なのか、あるいは風の又三郎なのか、どっちかわからないままにやっぱりその子の存在にひっかき回されて、みんなワクワクして、九月の最初のほんの十日間くらいだけ、特別な日々を過ごす。みんなの心をわさわさとひっかき回して、またパッといなくなってしまう転校生。それに対する子供たちの反応という、科学よりも心の動きのほうに重点を置いた話に書き直したのが、いま広く読まれている『風の又三郎』です。

　どちらの作品からも、風に吹かれることはどんなに気持ちよくてウキウキするものかという、自然に接することの直接的な感動とか、ほとんど官能的な快楽のような気持ちが伝わってくる。その風についての感覚は、そのまま教科書的な知識として、風とは何であるか、どういう作用をするかという方向に流れていけば『風野又三郎』になります。また、もっと自然の力に対する畏怖（いふ）の念、少し怖いような、ありがたいような気持ち、外の世界からの風に対する人間の反応を描いたのが『風の又三郎』であると思います。

科学の限界を超えて

科学がある意味で役に立つということを宮澤賢治はよく知っていました。彼自身、科学を使えば人間は幸福になれるのではないかと信じていましたから、科学は認めています。まず最初に自然が大好きでしようがないところから始めて、自然についての知識を人間に役立てるために科学を構築して、応用までしてみた。そういう意味では科学を信じていました。

彼は詩人であり童話作家であった上、日常の場では農業の技師でした。具体的には、肥料設計をやっています。お百姓さんから「こういう土地にこれを植えようと思うんだけれども、ことしは肥料はどうすればいいんだろうか」と聞かれると、その土地の条件、土の種類を聞いて、雨の降り方も予想して、作物の種類を考えて、ではこの時期にこの肥料をやって、もうしばらくしたらこっちの肥料をこれだけというアドバイスをする。それが彼の、社会生活に最も直接結びつく仕事だったと思います。

しかし一方、科学の力に限界があることも、宮澤賢治はよく知っていました。科学は万能ではないし、科学が盛んになったからといって世の中から不幸がなくなるわけではない。その一番いい例が『グスコーブドリの伝記』です。

主人公は科学者で、話は冷害の場面から始まります。ご存じのとおり、東北はしばしば夏に気温が上がらない冷夏という現象にさいなまれて、穀物がとれない。その苦しみを長い間味わってきました。江戸時代の飢饉(ききん)の惨状についても菅江真澄(すがえますみ)などにいろいろ報告がありますし、明治、大正になっても、たくさんの例がある。夏に気温が上がらなくて、稲の実が入らない。作況指数がどんどん下がる。でも、みんな蓄えがないから生きていけない。そこで、生活に困って娘を遊里に売る。そのための人買いが村から村を回るという厳しい場所です。

冷害のつらさ、天候という自然条件に左右される自分たちの立場の弱さを、宮澤賢治はよく知っていました。彼が書いたものの中で最も有名になった「雨ニモマケズ」という詩の中に「サムサノナツハオロオロアルキ」という一行がありますね。これは何とか日が照って気温が上がってくれないかと、田んぼと畑の間をウロウロして気をもんでいる農夫への共感をそのままあらわしたものでしょう。

グスコーブドリは話のはじめでは子供です。冷害のあと、ブドリの一家は離散してしまいます。お父さんとお母さんは頭がおかしくなってどこかへ行ってしまい、彼と妹だけが残る。そこへ怪しい男が来て、妹をさらっていく。一人になったブドリは、今度は森で「てぐす」をつくるという養蚕のような商売の男に拾われて、一緒になっててぐすづくりをして、どうにか成人して学校に入る。その学校で彼が学ぶのが、科学なんです。

ブドリはクーボー大博士という学者に拾われて、もともと科学的な才能があったからすぐれた農業技師になる。火山学と農学の両方、一種の総合科学のようなものを身につけます。たとえば「この火山が噴火しそうだ」というと、その影響が市街地に及ばないよう考えて、安全な側に向かって人為的に爆発させる。あるいは人工降雨と火山の両方を使って国土全体に窒素肥料を降らせる。そういう、今でもとてもできないような大規模なテクノロジーを身に付ける。それによってみんながご飯をたくさん食べて暮らせるようになる。つまり、冷害とか不作とか、そういう不幸に対して科学は一定の力を持っている、あるいは持つはずである、とまず書いたんですね。この話の中で、科学は実利的に生きています。

しかし、科学だけでは足りないということも伝えている。最後の場面で、火山の爆発を誘導して冷害を回避するために、どうしても誰かが火山の麓に残って、自分の身を犠牲にして最後のスイッチを入れなければいけなくなる。そのスイッチを入れる役割、自己犠牲によって世界全体を救う者として、作者はグスコーブドリを志願させます。火山は見事に爆発して、気温が上がって、みんながおいしいものを食べる。最後は、「そしてちやうど、このお話のはじまりのやうになる筈の」というのは冷害によって苦しい思いをするということですね、「たくさんのブドリのお父さんやお母さんは、たくさんのブドリやネリといっしょに、その冬を暖いたべものと、明るい薪で楽しく暮すことができたのでした。」という言葉で終わります。

みんなが暖かい食べ物と明るい薪で楽しく暮らせるようにするためにグスコーブドリは自分の命を犠牲にする。これは科学ではありません。信仰ですね。宮澤賢治は科学の限界を知り、その先で人を救うのは信仰しかないというほうへ一歩踏み出します。ちょうど、科学から信仰への境界線をまたいで成立しているのが『グスコーブドリの伝記』という話です。

ただ、正直に白状しますと、ぼくにはこの信仰がわかりません。自然の側だけに身を置いて、自然科学の側から見ている限り、信仰というのはわからないものです。

生物は基本的には自分の身を全うします。自分という命を預かって、できる限り長く生かして、最後に従容と死ぬのが自然界の原理です。個体はそれぞれに努力して自分を生かしめなければならない。子孫を多く残さなければならない。ですから、動物は自殺をしません。

それに対して、たくさんの人間を救い、たくさんの人間の不幸を回避するために、自分の命を犠牲にするということが、自然の原理に超越する、よりレベルの高い原理であると信仰は教えます。しかし、ぼくにはどうしてもそれがわからないんです。たくさんの人間が幸福になることはそのまま自然の原理にも適うことなのか。人間の原理と自然の原理は違うのではないか。それが人間のエゴを生み出したのではないか。信仰は自然の側へ人間を呼び返すものであるのか、あるいはより自然から遠ざけるものなのか。結局わかりません。

ですからぼくは宮澤賢治をずっと読んできましたけれども、グスコーブドリの最期に対してはいまひとつ肯定できない。それは違うんじゃないですか？　本当にそれでいいんですか？　と、できれば賢治さんに会ってディベートしたいとしばしば思います。特攻隊の場合はどうだったんでしょうか、最近ならばアメリカ大使館に突入して自爆するイスラム過激派は……等々、一死多生の思想は難しい問題を含んでいると思います。だから、グスコーブドリの最期がたぶん宮澤賢治を理解する場合の一番の分かれ目なんでしょう。ここで賢治さんの全てを肯定して進むか、それとも、そこから先はどうしてもついていけません、と言ってひとまず引き下がるか、分かれてしまうんです。

生きることの苦しみ

もう一つ、科学と信仰がいかにも正面からぶつかっている話があります。『よだかの星』です。宮澤賢治はこれを信仰の話としてしかとらえなかったけれども、ぼくは実は科学の話ではないかと思っています。

よだかという、大変みっともなくて人に嫌われるけれど、性格は実にいい鳥がいまして、これがほかの鳥にいじめられる。「ね、まあ、あのくちの大きいことさ。きっと、かへるの親類か何かなんだよ。」と言われ、名前についても「お前のは、云はゞ、おれと夜と、両方から貸りてあるんだ。さあ返せ。」と鷹に脅される。市蔵と改名しろと迫られて、「首へ市蔵と書いたふだをぶらさげて、私は以来市蔵と申しますと、口上を云って、みんなの所をおじぎしてまはるのだ。」と言われる。

彼は「そんなことをする位なら、私はもう死んだ方がましです。今すぐ殺して下さい。」と言うが鷹は聞き入れない。よだかは、死ぬ覚悟をして「遠くの空の向ふに行ってしまはう。」と考える。しかし、星の世界まで飛ぶ力は彼にはない。鷲（わし）の星に願いを言うと「いゝや、とてもとても、話にも何にもならん。星になるには、それ相応の身分でなくちゃいかん。又よほど金もいるのだ。」と突き放される。よだかは強い飛翔（ひしょう）力で飛びに飛んで、最後には落ちて、死にます。けれども、それはただの非業の死には終わらなくて、実は仏教的な救いによって星になるという話です。

この話でぼくが考えこんだのは、よだかが、自分が生きていくためになぜ他のものの命を奪わなければならないのかという矛盾に苦しんだという点です。彼は空を飛びながら口に飛び込んだ虫を食べるんですね。しかし、自分が死ぬことをこんなに恐れて悩むんだったら、自分が食べている虫も同じように苦しいのではないかと悩む。「(あゝ、かぶとむしや、たくさんの羽虫が、毎晩僕に殺される。そしてそのたゞ一つの僕がこんどは鷹に殺される。それがこんなにつらいのだ。あゝ、つらい、つらい。僕はもう虫をたべないで餓えて死なう。……)」と考える。

生きることは他の生命を奪うことであるという矛盾が、宮澤賢治には納得できない。自分が生きて、相手も生きて、全体として生命というよいものが地上に増えると言うならわかる。しかし、自然には最初から、自分が生きるために他者を殺すという原理が組み込まれている。それが、信仰者としての宮澤賢治には理解できない。理解したくない。これはとても大きな問題として、彼の生涯を貫いていたと思うんです。

われわれも、ある時期までは「奪う」関係で生物界はできていると考えてきましたね。植物が太陽の光と水と空気からつくった栄養素を、草食動物が横取りする。そうやってできた草食動物の体を肉食動物が横取りする。だから、「生存競争」という、いかにも争い合っているようなイメージが単純に人の頭に宿る。あるいは「食物連鎖」という、次から次へ食べたり食べられたりしているイメージ、「弱肉強食」という争いの原理が動物界全体にあるかのごとく思いたがる。

しかし、最近になってようやくわかってきた生物同士の関係によれば、ことはそんなに単純ではない。一方的な悪、収奪と殺し合いではないんです。

宮澤賢治の話にもしばしば出てくる兎と狐を例にしましょうか。話を単純化するために、いつも一定量の草がはえる草地がある。その草を食べる兎がいる。兎を食べる狐が少しいる。これで安定している、とします。この場合、草は兎に食べられるばかりで損なのか。兎は狐に食べられて悲しいのか。狐だけが一番いい思いをしているのか。しかし、結局それほど事は単純ではなかったんです。

もしこの場合に、心やさしい兎の味方、セーラームーンがやってきて、兎のために「月に代わっておしおきよ!」と言って狐を全部撃ってしまったとする。そうすると、兎はどんどんふえて、草をどんどん食べます。そして、すっかり食べつくして草がなくなったところで兎は全滅します。そういうものなんです。では兎がいなくなったらどうするか、狐もいなくなります。草がなかったらどうか。兎も狐もいなくなります。

これは非常に単純化した言い方ですが、自然界のさまざまな動物の、食べる―食べられる関係をまとめているのは、システム全体がまず大事という原理なんですね。狐だけ、兎だけ、草だけという個々ではない。それら全部を加えた、三者の相互の依存関係が自然である、とエコロジーでは教えます。つまり、食べられることはそのまま不幸ではないんです。草もまた兎のおかげで世代交代ができるし、兎と狐の死体と糞(ふん)によってうるおう。

ですからぼくは、たとえば陽が当たって気持ちのいい朝、草の上をピョンピョン走っていく兎が自分の力を確信する幸せを想像できます。おいしい草をモグモグ食べてお腹がいっぱいになる幸せ。同じように、狐が来て必死になって逃げて、逃げきって穴へ飛び込んだときの、してやったり、という満足感。後ろを向いて、穴の中から「狐のバーカ」と言ったりして、そういう兎の喜びは、すごくわかる。反対に、最終的に狐につかまったときの無念の思いも想像できる。「自分はこれで死ぬんだ」と思うのは辛(つら)いでしょうけど、その緊張感まで含めての兎なんですね。この場合も、死ぬところだけを切り離して、それさえなければ、いつまでも陽の当たる野原を走り回れて幸せ、というものではないと思う。

このように、生きるということの実感、喜びも悲しみも含めて、自然の中で生きることの全体像を考えると、どうもぼくにはよだかの苦しみがわからない。余りにも人間のエゴイズムの煩悩に近いんじゃないかと思います。

実は食べる―食べられる関係にまつわる苦しみは、自分という存在を強く意識することから発しています。ほかならぬこの自分、一つの個としてかけがえのないこの自分が死ぬ、それが辛いんですね。ところが自然科学では、十四いた兎のうち一匹が狐に食べられるという場合、個体識別をしていない。兎全体の無作為に選んだ一匹という話にしかならない。だから、この話も自然の中へ持っていって、動物がほかの動物を食べるからそこに苦しみが生じるとするのは、話の論旨がどこかでずれているのではないか。

ですから、『よだかの星』は動物寓話であるように見えて、実は人間同士の話なんです。人間同士の殺し合いというのは、動物の場合のようには正当化できません。同じ種の中で殺し合う、しかもこれほど大規模かつ徹底的にやるのはたぶんホモ・サピエンスだけでしょう。だから、動物界をそのまま比喩として人間界へ持ってくると、意味がずれてしまう。

再び『よだかの星』へ話を戻せば、自分が生きてゆくために他のものを食べること自体には、罪は宿っていないと思うんですね。別な言い方をすれば、一羽のよだかの身体はたくさんの細胞からできていますが、では生きているのは一羽のよだかであるのか、その小さな細胞の一つ一つであるのか。さらに、虫はそれよりはずっと少ない数の細胞からできている、と簡単な算数で考えると、百匹の虫の身体にある細胞がそのままよだかの身体の中へ入って、そこで一個の生命としては終わるけれども、分解して組み直されてよだかの身体をつくる。つまり、外から見る限り、生命の総量は変わっていないという考え方もできる。屁理屈のように聞こえるかもしれませんが、自然はそういうルールで生物のバランスをとっているわけです。

実際の話、われわれがたとえば菜食主義になったとして、同じ細胞でも植物なら食べていいのか。バクテリアはどうするのか。つまり、生命の定義そのものに戻っていくらでも議論しなくてはいけなくなってしまう。宮澤賢治には『ビヂテリアン大祭』という、菜食主義者たちのお祭りの場に舞台を設定した長い長いディベートの話がありますけれども。

ですからやはり、宮澤賢治の中にあったのは、そういう自然界における生と死ではなくて、人間界の苦しみ、修羅の苦しみではないかと思うんです。

石は人なんか見向きもしない

最後になりますが、宮澤賢治は、人間の思いと自然の厳しさについて対照的な二つの話を書いています。本当によく似ていながら、最後の結論がほんの少し違う。でもその違いが、ものすごく大きいという二つの話をとりあげてみましょう。

自然とは何か。一番基本にある性質は、自然は人間に対して徹底して無関心だということです。

たとえば、ぼくは沖縄に住んでいますが、台風がたくさん来ます。つい先日、南大東島という沖縄でも一番離れた島へ行きました。これは沖縄本島から三七〇キロ、船で行くと十三時間、飛行機でも、小さな双発のプロペラ機で一時間四十分くらいかかります。そこで講演をしたんですが、次の日、台風3号が近づいてきました。南大東島は絶海の孤島で、台風の脅威もすさまじい。大波が島にぶつかると地震計が反応するというまことしやかな話があるくらいです。実際、一番すごかったときの写真を見せてもらったら、空のはるか上の方までしぶきが舞っている。海岸に電信柱みたいなポールが一本写ってまして、その三倍くらいの高さまで波が上がっている。そのポールの高さが十メートルというのですから、台風の時には少なくとも三十メートルの波しぶきが上がるわけです。だから、いったん台風が来ると三日ぐらい飛行機が飛ばないことが多い。場合によっては一週間という話も聞いた。そこでぼくはじっと台風見物をしてみたいと思ったんですけれども、そうするとたぶん今日、東京には来られなくなりそうだったので、諦めて次の日、午前中の飛行機でスゴスゴとしっぽを巻いて帰ってきました。後で聞いたら、飛行機はその日の午後から三日間、飛びませんでした。

この場合、台風は、あの島に行くと池澤が困るから逸れてやろう、とは言わない。逆に、池澤を困らせるために行こう、とも言わない。島の人間、あるいは島の犬たち、植物がどう思うかということは台風はいっさい考えてくれない。徹底的に無関心なわけです。自然というのは、字を分解すると「自ら然るべくあるもの」という意味です。「ネイチャー」のとてもうまい翻訳ですね。自然は自分自身でそういう姿をしていて、どこからも影響を受けず、ほかに対して、何の同情も共感も酌量もしてくれない。つまり知らん顔です。それでいて非常に力が強い。そのふるまいが人に対して恩恵となることもあるし、逆に災害となることもある。

宮澤賢治が外に出ている状態、野原に立っている状態が好きだったのは、自然の大きさに崇拝の念を持っていたからでしょう。自分をとり巻いてとてつもなく大きなものが動いている。たとえば「大循環」で空気はものすごく大きな動きをしています。地球全体を温めるほど強いお日様の光が注いできたり、あんなにたくさんの水が雨になって降ってくる。その大きさに畏敬の念を持つことが、人間として、一個の生物として大事であり、その共感こそが生きている実感だと思っていたのではないか。

だから子供のころの彼の挿話として、石が好きで、「石っこ賢さん」というあだながあったそうですね。石は何がおもしろいかというと、人の手がまったく加わっていないからなんです。

われわれは他人がつくったものを持ってきて、楽しみます。歌でも詩でも文学でも、ゴシップでもワイドショーでも、全部同じですね。他人とのコミュニケーションを楽しんでいる。人間の意思の働きを互いに見ているのがおもしろいと思って、いわば社会という大きな輪の内側を向いてお互いの顔を見合っている。これが人間社会のあり方です。ところがそれに対して、ときどき輪の外を向いて坐っている人間がいる。外には、人間的なるものは何もなく、自然から生まれたものがあるだけで、そこには人間の手がいっさい加わってない。そのありように、自分の心を、ラジオのダイヤルをまわして周波数を合わせるように同調させる。つまり、こちらが自然のほう、石のほうに一歩寄ると、一方的ながら交流のような気持ちが生まれる。この石がこういうかたちをしていることの意味、全く無意味な意味というのがたぶんわかる。なんでこの石はこんな形で、ここに脈理が走っていて、赤い線が出ているんだろうということが、自然は勝手にやっているだけなのに、すごく意味ありげに思えておもしろい。

これは実際に感覚的に味わってみないとわからないことなんですが、一個の石がほかならぬその形をしてそこにあり、世界中探してもその石は一個しかない。しかし、石は種類に応じて、決まった比重を持っている。これが実にうまくできている。いったいだれが世界中の石全部に、体積に見合う目方を与えたのか、と不思議になる。ぼくも昔、そういうことを考えて不思議に思ったことがありました。すべての石は、その質に応じた比重を持っている。たとえば蛍石がここにあったとして、これを水に沈めて体積を測って、目方を測って計算すればある比重の数字が出ます。世界中どこの蛍石でやっても間違いなく同じ数値が出る。

当たり前といってしまえばこんなつまらないことはない。しかし、視点を変えて、一つの石がその形を持って目の前にあるということに意味を見出すと、そのこと自体が一種の奇跡のようで、こんなおもしろいものはない。世の中、実にさまざまな石があって、名前がついていて、分析してあるという知識を得ていくと、いよいよ引き込まれる。そうやって、人が昆虫採集や、星の観察をするわけです。

　この場合、こちらに対して石も星も虫も、何も働きかけてはくれない。花の場合は、たとえば虫の気を引かなければいけないとか、相当に生ぐさい理由があって咲いていますから、もう少し人に近いんですけれども（あれは本当は生殖器ですから）、少なくとも石と星は人のことなんか見向きもしない。それが本来の姿です。

　ところが人はそれでは満足できないんですね。人同士で仲良くやって、お互いの顔を見合っていると何となく満ち足りた気がするけれども、考えてみたら、お互い同じような顔をしているし、知恵の限界もわかっている。何よりも二人の人間の間でモノをやりとりしたって、モノはちっともふえない。「今月はきみにぼくが一万円お小遣いをあげよう。そのかわり来月は一万円ください」と言って、お互いリッチな気持ちになるかというと、そんなわけないですよね。それに近いことをやっているのがどうも資本主義というものらしいんですが。それはそれとして、人同士のやりとりというのは、お金でなくてものの考え方でも愛でも、行ったり来たりしているだけで、そうそう途中でふえるわけではなさそうです。

　すると、人だけで生きていることの寂しさがフッと出て来るんですね。それは余りにも自然と無縁になってしまったからかもしれない。山に行って熊の姿を見ることがなくなってしまったし、町の中にいたらまともに伸びた木だって見ないですよね。このあたりに植わっている木は、全部人が植えた、本来のこの土地のエコロジーと無縁な街路樹ですから。

自然から離れて生きるのが不安になると、自然に甘えたくなってくる。自然の中に自分の気持ちが反映されていると考えたくなる。だから、梅雨時になると、雨がたくさん降ってくれますようにとお祈りする。科学によれば、お祈りによって雨は降りません。しかし、向こう側に誰かがいて祈りを聞きとどけてくれて、それが自然現象となって返ってきたら、こんな嬉しいことはない、という願望がある。変なものでして、願望は錯覚を生む。あんまり強く願っていると、だんだんそういう仕掛けがあるような気がしてくるんですね。それで雨乞いをするわけです。

雨乞いと言うと古くさく聞こえますが、これは人間が自然の前で何かしようとするときに、必ずついてくる心理現象です。それが次第次第に整理されて、自然の背後にある意志、自然を動かし、人間に対して働きかけてくる意志の存在を仮定し、それを信じるようになる。これを神様といいますね。そして「神様、あなたは偉大です。雨を降らせてください」と言うと雨が降るかのごとく信じる。まるで、「愛してるよ」と言ったら「私もよ」と答えてくれるのと同じように、人の心の働きかけによって自然が動かせると思いこんでいく。そうやって人は自分の心の中で自然を手なずけて、都合のいい自然像をずっとつくってきた。ぼくだってそれをほとんど信じているんです。

自然と人間を考え続けて

しかし一歩身を引いて改めて考えてみれば、自然はやっぱり徹底的に無関心です。現実と錯覚の間には微妙な違いがある。この、錯覚の与える幸福と、現実の自然の与える不幸の例として、『水仙月の四日』と『ひかりの素足』という、非常に似た二つの話があります。どちらも、子供が山を歩いていて、吹雪に巻き込まれるという話です。

具体的には、『水仙月の四日』のほうは、雪童子という雪の子供の視点から語られます。話の最初、作者はいきなり、「水仙月」という名前の月があると言う。三月三日があるように水仙月の四日がある。この日は雪を降らす日です。実際、気象学では特異日というのがありまして、たとえば太平洋岸、東京あたりでは一月一日は晴れになる確率が非常に高いんです。そういう日は本当にあります。ですから、水仙月の四日は吹雪、あるいは豪雪の特異日であるらしい。

そこまではいかにも科学的なんです。しかしここから、雪を降らす係が天の上にいるという話になります。指揮するのは雪婆んごという、魔女的な雰囲気の雪のおばあさん。そのおばあさんの下で、実際に空を走り回って雪降らしの作業をするのが、雪童子という雪の子供たち。スノウ・チャイルドですね。さらに雪童子に使われて走り回ってどんどん雪を降らすのが雪狼。こういう三段階の作業チームになっているわけです（ちなみに「おいの」は大犬、狼を指す古い言葉ですね。おおかみは大神だそうです）。

その日は雪を特別降らす日だから、一所懸命みんな働く。どんどん走り回ってたくさん降らそうとする。そのとき、主人公の雪童子が、一人の子供が山道を歩いているのを見つける。この子は町から自分の家に帰るところなんですね。彼はカリメラ、鍋の中で砂糖を煮立ててつくる、空気のいっぱい入った固いお菓子をつくるところを想像して楽しい気持ちで歩いている。ところがこれから吹雪なんですから、雪童子はその子のことを心配します。たくさん雪を降らさなければいけないのに、そんなところを子供が歩いていてはいけない。救いたいと思うんですが、子供を救おうとすれば上司である雪婆んごに叱られるでしょう。

　雪婆んごは「おや、おかしな子がゐるね」と気づきますが、「さうさう、こっちへとつておしまひ。水仙月の四日だもの、一人や二人とつたつていゝんだよ。」と言う。そこで雪童子は、まず、吹雪の中でオロオロ泣いているその子を後ろからつき飛ばし、動き回らないように押さえ込んで、上から雪をたっぷり降らせて寝かせておく。

「さうして睡つておいで。布団をたくさんかけてあげるから。さうすれば凍えないんだよ。あしたの朝までカリメラの夢を見ておいで。」

　次の朝、心配したお父さんが捜しにくる。だんだんお父さんが近づいてくる。その子供のいる場所は外からわかるように赤い毛布の端が見えている——という瞬間で話が終わる。これが『水仙月の四日』です。つまりこの場合は自然の側に一つの意志があって、その意志は子供を救おうとしてくれるという話になっています。

　これに対してもう一つ、『ひかりの素足』という話があります。この場合は主人公は、一郎と楢夫という二人兄弟です。二人は、お父さんが働いている山の小屋へ、よく晴れた週末に遊びにいきます。山の小屋というのは、ぼくがよく行く石川県では出作り小屋と呼んでいますが、山仕事をするための、本来の住居とは別の、山の上の小さな仮小屋のことですね。そこに寝泊まりして働く。その出作り小屋に遊びにいった二人兄弟が、月曜日からまた学校があるからもう帰りなさいといわれます。それで次の朝、たまたま山に来た村の人と一緒に子供を帰すのですが、二人は途中でその人とはぐれてしまう。それでも、もう一時間ちょっとで家だから早く帰ろうとするところで、いきなりすごい吹雪になる。道に迷って、どっちがどっちだかわからなくなる。そこへなおも雪がたくさん降ってくる。動きがとれない。

そこで話はパッと変わって、二人は全然別の国にいるんです。死後の国であるらしい。二人は亡霊のような、死後の世界へ行ってしまった他の者たちと一緒に、鬼に追い立てられ、足に傷を負ってつらい思いをしながら歩いてゆく。一種の地獄の図です。しかし、死ぬとこんな目に遭うのかと思って嘆いていると、仏がいらして、みんなを救ってくれる。

「光のすあし」とは、仏の御足は光でできているようで、素足なのに、剣を植えた地面の上を歩いても傷がつかない、ということです。仏は、「こわいことはない。おまへたちの罪はこの世界を包む大きな徳の力にくらべれば太陽の光とあざみの棘のさきの小さな露のやうなもんだ〔。〕なんにもこわいことはない。」と言ってみんなを安心させる。その上で一郎に対しては「お前はもう一度あのもとの世界に帰るのだ。お前はすなほないゝ子供だ。よくあの棘の野原で弟を棄てなかった。……お前の国にはこゝから沢山の人たちが行ってゐる。よく探してほんたうの道を習へ。」と言ってこの世へ帰す。でも弟の楢夫のほうはそのままそっちの世界へ残るんです。

そこでまた話は元の雪の山に戻り、朝になって大人が心配して捜しにくる。すると、一郎は目を覚まして、生きていて起き上がるんだけれども、弟の楢夫のほうは結局そのまま死んでしまう。死後の世界で仏に出会ったおかげで、死んだ楢夫は「かすかに笑ってゐたのです」という場面で終わります。死んだよだかの顔に浮かんでいたあの微笑です。

この二つの話は、途中に仏の世界が出てくるか否かという違いはありますが、基本的には、吹雪によって子供が死に直面するという構図の上に成立している。しかし、一方は、吹雪には何の意志もなくて、ただ吹き荒れるだけで子供の一人を死なせてしまう。考えてみれば、子供を育ててきたお父さん、お母さんにしても、あるいはそこまで生きてきた子供自身にしても、死ぬというのはつらい、苦しいことです。だから、吹雪に遭って子供が死ぬと、つい、吹雪の一種の人格を想定して、なんでもうちょっと手加減してくれなかったか、ほんの少しの差で助かったかもしれないのにと思う。子供たちが事故に遭って死ぬたびに、あるいは自然とぶつかって誰かが死ぬたびに、自然の側にもう少し人間の側を思う気持ちがあってくれたら、とわれわれは考えてしまいます。

しかし、最初に申し上げたとおり、自然は一人一人の人間に対して完全に無関心です。水仙月の四日だから子供の一人や二人とっていいんだよ、とさえ言ってくれない。ただ与え、ただ奪うだけです。冷酷という言葉さえ使えない。ぼくはさっきから「無関心」と言っても、「冷酷」とは言いません。「残酷」とも言いません。冷酷や残酷は一種の意思の表現です。冷酷なこと、残酷なことができるのは、ある意味では人間だけです。自然にはそんな思いもない。全くない。でも、それでは自然の中で生きている人間にとっては、余りにつらい。子供が死ぬんですから。だから「せめて」という気持ちで、自然の側に、ある人格を与えたくなる。その、もう少し自然が人に対してやさしかったらばという、「甘え」とも言える、切実な気持ちを書いたのが『水仙月の四日』です。

しかし現実にはそんなことはない。ある条件のもとで行動していて、状況が厳しくなって人間の生命力の限界を超えたら、その人は死ぬんです。その自然の側は無関心であるという原理をそのままに書いて、その上で、仏は死んだ者を救ってくれると、話の論点を宗教のほうへシフトして、別の救いを用意したのが『ひかりの素足』という話です。

宮澤賢治という人は、人と自然の関係のことを考え続けて、最終的に、自然は人間のためにあるのではない、われわれは自分たちで自然に従って、あるいは自然に逆らって自分たちを生かしめなければいけない、その上で幸福に至らなければいけないという結論を得たと思うんです。ただ、それはそのまま言ってわかる話ではない。現実の別れのポイントはとても微妙で、「もうちょっと何とかしてくれたら」という思いを人はやっぱり抱き続ける。たとえば震災で肉親を亡くした方は、やはり、家の上から降ってきた梁（はり）一本の位置が三十センチ違っていたら、と思うでしょうね。人はその思いにすがって生きていくんだろうと思うんです。

結局、人間とは、「自然が人のことを考えてくれたら」と「そんなはずはない。自然は自然なんだから仕方がない」という、この二つの考えの間をうろうろと揺れているものです。宮澤賢治は、自然に近いところにいたがゆえにそこのところを実にはっきりとらえてみごとな文学にしている。雪が降る場面を書いてこれほど優れた文学作品はほかにないだろうとぼくは思います。彼の作品は、一個一個が小説として、あるいは詩として、童話として、日本語の言葉遣いが大変にすばらしい。その上で、背後にある思想が楽しく、しかも奥深くまで読める仕掛けになっている。

やはり、いま宮澤賢治がこれだけ読まれるのは、それだけの理由があるのであり、読んだ人は大事なものをそこから受けとっていくのでしょう。そこから出発して、ぼくも含めて、みんなで今後何十年か何百年か、宮澤賢治を読んでいくことになるんだろうと思います。

宮澤賢治の言葉

宮澤賢治の言葉について、考えていることを話します。この人の文学を考える場合、二つ、大事なカギがあると思います。一つは、きょうお話しするように言葉ですが、もう一つは、自然というテーマです。宮澤賢治は人間と自然の関係について深く考えた人です。たまたま今年（一九九六年）は生誕百年ということで、ぼくのところにも宮澤賢治について話をする機会が二つ巡ってきまして、二月ほど前に宮澤賢治と自然ということについて、ほかの場所でお話をしました。

そこで今日は言葉というテーマについて考えてみようと思います。

宮澤賢治という作家・詩人を考えるとき、ぼくら同業者から見て、まず目につくというか、いちばんびっくりするのは、エネルギーといいますか、仕事の量と質と幅、広がり、このありかたです。たいへんな量の仕事をものすごい勢いでこなして、しかもその話題ないしテーマも実に多岐にわたって、技術的にもさまざまな手法を全部使って、形式だって散らかしに散らかして、やれるかぎりのことをやった。そういう感じで、走り抜けた人です。そのスピード感といいますか、この勢いにまず驚きます。

詩人というのは詩では食べていけないということになっています。したがって、詩は自発的に書くものです。詩の雑誌から注文されるということもあるし、また自発性を少しだけ組織化して同人雑誌を作るということもありますけれども、普通、詩は自分で思い立って書く。そして、自分は詩人であると名乗る。

しかし、小説の場合は、本当に優れた人であれば、普通は、だいたいあるところで出版社から声がかかり、作品は活字になります。したがって、読者あるいはその代理人としての出版社から促しを受けて書くというのが普通のかたちですが、宮澤賢治はそれは一切なしに、ひたすら、自分のなかから湧いてくるものを書いて、それを大量に残して死んでしまった。実に不思議な人です。

わきで見ていると、ともかく次々に湧き出すものを書きとめなければならないという強迫観念みたいな、そのくらい強い促しが自分のなかにあったように思われます。こういう作家はたいへん珍しいのではないか。怠けてばかりいる現代のわれわれの仲間を見渡しても、そういう気がするのです。

まず最初に、元気な人、勢いがある人、エネルギーのあった人だ、という点を押さえるのが大事だと思います。そのうえで、そのときどき、使えるかぎりの手法を応用した。言葉を使う仕事ですから、非常にバラエティに富んだ、さまざまな言葉を彼は使いました。

言葉とは何か、大上段に振りかぶってしまうと答えが出しにくいですから、まず名前というものを考えてみます。だれか、あるいは何かに出会う。出会ったところで、相手の名前を知る。相手に名前がない場合は名づける。名前を知ること、あるいは名前をつけることによって、相手を認知し、そこからおつきあいが始まる。名前というのは実用的であると同時にマジカルなものであって、名づけることによって一種の霊的な通い合いが始まる。

たとえば、『風の又三郎』は名前による認知から始まります。ご存じのとおり、この話は九月の新学期に子供たちが学校に行くと、見知らぬ子供が教室にいるところが最初の場面です。だれだということになる。ちょっと全体がざわざわっとして、子供たちが興奮する。つまりマレビトの到来を迎える現地人の反応です。

ちょっとだけ読みますと――「そのとき風がどうと吹いて来て教室のガラス戸はみんながたがた鳴り、学校のうしろの山の萱や栗の木はみんな変に青じろくなってゆれ、教室のなかのこどもは何だかにやっとわらってすこしうごいたやうでした。すると嘉助がすぐ叫びました。『あ、わかった　あいつは風の又三郎だぞ。』」

この言葉から全部の話が始まります。子供たちの間には、風の使者、風の象徴、あるいは風の妖精（ようせい）としての風の又三郎という言葉が最初からあった。そういうものがいて風をもたらす、ということは共通の知識としてあった。その言葉を、その転校生、いきなり現れた子供に、あてはめる。このときから、この転校生、高田三郎は風の又三郎としてほかの子供たちに認められ、そこからつきあいが始まる。実際に彼は高田三郎であるか風の又三郎であるかは明らかにはなりません。この子は最後まで普通の転校生としてふるまっているだけで、それを子供たちが勝手に読み換えたというふうにも解釈できます。

しかし、この名前、風の又三郎という名前をもらうことによって、高田三郎は風の又三郎になる。級友たちの側から見れば、名前がこの転校生の神話的性格を決めるのです。この名づけの力というのは、言葉の機能のなかでたいへん大事なものだと思います。それに対するたいへん鋭い意識が宮澤賢治にあって、それがこの場面を書かせたのではないかと思います。

もう一つ、『よだかの星』という話があります。なかなか悲しい話ですけれど、ここでも名前が非常に大きな役割を果たします。この場合も名前がものの値打ちを決める。あるいは名前というものが逆用・悪用される。よだかというのはみっともない鳥で、みんなに嫌われていて、まさにいじめられの典型のような鳥です。だから鷹にいじめられる。おまえの名前は夜と鷹と両方から借りているのだから改名しなさい。おれがいい名前をつけてやろう、これからは市蔵と呼ぶことにしようと、勝手に名前を変えられる。よだかは、よだかという名前が自分のアイデンティティであることをよく知ってますから、そんな名前に変えられるのはいやだと思う。つまりよだかがよだかと呼ばれなかったら、彼はよだかでなくなる。無理に市蔵という名前に変えられて、しかも改名披露ということで、首に市蔵と書いた札をぶら下げて、みなのところを回って、これからこういう名前になりましたとあいさつをして歩く。そんな屈辱的なことはできない（戦前、大日本帝国が朝鮮で行った「創氏改名」のこともちょっと思い出してください）。ここから彼の苦しみが始まるわけです。この場合も名前の力が話全体の前提になっている。名前をつけることが、ものをものたらしめる。ただしこれは人間界の話、社会の中での話です。自然のなかにあるものは、自分は自分だと思っているだけだからいいのですが、人間の場合、名前によって認知されることがいかに大事かを非常にうまく表した例であると思います。

次に、地名のことを考えてみましょう。地名はそれ自体が呪術的（じゅじゅつてき）な力を持っています。本来、地面というか土地というのか、これは自然そのものですから、名前はない。しかし、人が土地とつきあおうとするときには、どうしてもそこに名前をつけなければいけない。その名前をつける過程が、人が自然とつきあい始めるいちばん大事なステップであります。

その土地と名前の関係がいちばんよくわかるのは、『狼森（オイノもり）と笊森（ざるもり）、盗森（ぬすともり）』という話です。森といっても岩手の言葉で森というのは、丸い小さな丘らしいのですが、いまの国土地理院の地図で見ましても、盛岡の西の方、今の小岩井牧場のちょっと北のあたりに狼森、笊森、盗森、黒坂森はすべて実在します。この名前にまつわるエピソードを開拓にからめて語る。

開拓者たちがそこに来て、周囲の自然に許しを得て、開拓を始める。ところがあるとき、子供たちがいなくなる。捜しに行くと、子供たちは狼森で狼たちと一緒になって遊んでいた（オイノはオオイヌ、狼のことです）。この先が不思議なのですが、狼が子供たちと遊んでいたからそこが狼森という名前になったという説明ならばいわゆる地名の縁起譚として帳尻が合うのだけれど、そうではない。地名は最初からあるのです。開拓者が来るまでは自然のままの山であり森であって、地名はなかったはずなのに、宮澤賢治は最初から地名を用意した上で、いわば再帰的にその地名に合ったエピソードを語る。次に、今度は農具が、山刀や鍬が全部、とられてしまう。これまた困ったことだと思って捜しに行くと、狼森ではなく笊森に大きな笊が伏せてある。これは怪しいと思って開けてみると、なかに農具が全部あって、その真ん中で山男がニタニタ笑って坐っていた。

この山男というのが自然の側の代表だろうと思うのです。いちおう人間のかたちをして人格もあるけれども山に住んでいる。農耕ではなく狩猟や採集で、つまり一般には農耕に先立つ粗放な食料獲得法とされているやりかたによって、暮らしている。そういうものがいる。笊が伏せてあったのが笊森。

次には、収穫した粟がすっかり盗まれて、これまた捜しに行くと、盗森というところがある。「名からしてぬすと臭い。」と言いながら農民たちはその森の主である「まっくろな手の長い大きな男」に掛け合って粟を返してもらう。要するに、それぞれの森は付けられた名のとおりのふるまいを開拓者たちに対してする。「名にしおはば、いざこと問はん都鳥……」という歌がありますが、実際これらの森は名を負っていて、そのとおりのことになる。裏返された地名縁起譚ということになります。

そういうふうにしまして、名前というものの大きな意味を見いだしていった詩人、これこそが非常に深い意味での詩人のセンスだと思うのです。周囲の自然に対する鋭い感覚と言葉に対する鋭い感覚が一緒になって、こういう使い方が生まれたのでしょう。

宮澤賢治は時には、書きながら自分一人でにやっと笑ったかと後の読者に想像させるような、からくりのある名前の使いかたをします。『黒ぶだう』という、短い、変な話のなかに（変な話というと、この人の書いた話は全部変な話といってもいいのですが）、このなかにベチュラ公爵という、いきなり、ヨーロッパ風の、まるでイタリアあたりにいそうな名前が出てくる。そこだけだからどんな名でもいいけれども、ともかくベチュラである。

なにせカタカナでヨーロッパ風の名前をつけるのが好きな人だから、単にそれらしい名前を作っただけかなと思っていると、ベチュラというのは樺（かば）の木、シラカバとかダケカンバとか、あるいは山桜の学名なのです。そういうものをちょっと持ってきて、ひょいと入れてしまう。知らなければ知らないでいいのだけれど、知ると、ああそういうことになっているんだと、そのからくりに気がついて、ちょっと笑える。

一つ、変な例としてペネタ形のことを話しましょうか。これはいまのベチュラ公爵と違って、最後まで意味がないだろうと思いますが、ペネタ形というのは蛙にとって最も理想的な形なのだそうです。これは、『蛙のゴム靴』という短い話のなかに出てきます。カエルは雲見をするというのです。人間は月見をしたり花見をする。そのかわり、カエルは雲見をする。カエルどもはみんな、夏の雲の峰を見ることが大好きです。「じっさいあのまっしろなプクプクした、玉髄のやうな、玉あられのやうな、又蛋白石を刻んでこさえた葡萄の置物のやうな雲の峯は、誰の目にも立派に見えますが、蛙どもには殊にそれが見事なのです。」といってみんなで並んで雲を見物する。

「どうも実に立派だね。だんだんペネタ形になるね。」

「うん。うすい金色だね。永遠の生命を思はせるね。」

「実に僕たちの理想だね。」

なんてことをしゃべっている。

ここで宮澤賢治はいきなり自分で作ったことば、ペネタ形というものについて説明しはじめる――

「ペネタ形といふのは、蛙どもでは大へん高尚なものになってゐます。平たいことなのです。」

新しい言葉をいきなり読者につきつけて、自分の世界に引き込む。これが造語の力です。突然こういう聞き慣れない言葉をぽんと目の前に出されると、人はオヤッと思う。ふだん使っていることばの範囲をいきなり逸脱するわけです。それで一種の心地よいショックを与える。それも言葉の使い方としてなかなか威力のある方法だと思います。

単語単位でこうやって考えていくと、むしろこれらは小説家よりも詩人に属する感覚だと思います。一つの単語に強い力を込める。それを中心に据えて全体を作っていく。あるいは話の流れのなかでぽんと異質のものをほうり込んで、注意力をもう一遍、呼び覚ます。これはだいたい詩の技術です。それを宮澤賢治はうまく使って、つまり詩人であると同時に童話も書いた人ですから、そのへんを自由自在に行き来する。

大長篇のなかでこういうことをやると、いかにも小細工という印象になるのですが、幸い、彼の書いたものは短いですから、それが実に生きています。

『水仙月の四日』という話があります。この話の世界では、月にみんな名前がついているらしい。水仙月のほかに具体的な例はないのですが、すべての月に名前がついていると示すことで、いきなり読者を別の世界に連れてゆく。その契機として月の名というものが使われている。

似たような例が何かあったなと思ったら、フランス革命のあとでしばらく使われた革命暦というのがそうでした。ヨーロッパ語の場合は月の名前はローマの神様やら皇帝の名やら数字やらいろいろです。一月は英語でジャニュアリー、これはヤヌスという神の名、三月もマルスという軍神から、七月はユリウス・カエサルのユリウスから、八月はオクタウィアヌスの尊称であるアウグストゥスから、九月以降はただの数字。英語で九月を意味するセプテンバーは実は七月です。フランス革命では昔から使ってきたそういう名を変えて、月の名に自然現象を当てはめようと試みました。なかなかポエティックで、まるで日本人の考えそうなことですが、ブリュメールというのが霧月という具合(十月下旬から十一月下旬までだそうですが)。この暦は長くは続かず、すぐに廃止になりましたが、あるいは宮澤賢治はこの新しい暦を知っていたんじゃないかなと思うのです。そこで、いきなり水仙月という月の名前が出てくる。

『水仙月の四日』という話は、特別の日に起こった特別のことの話ですから、日時をはっきりと読者に指定して、ほかならぬこの日に起こったんだよ、そういう特別の日があるんだよということを伝えて、話をドラマチックにする。実際、気象学の方には特異日というのがあって、統計的にこの日は晴れることが多いというような実例があります。しかし、宮澤賢治の話の中ではたとえば「三月四日」では絶対だめで、もっと強い印象を与えるためにこういう言い方をしなければいけない。言葉の力を実にうまく利用したネーミングですね。

最近、地名の力がすっかり弱くなったなあと思います。昔は人がそこに住み着いて、時間をかけてその土地を自分に対して慣らしていって(あるいは逆に自分を土地に慣らして)、さっきの『狼森と笊森、盗森』の開拓者たちやその先達のように、その土地と誼(よし)みを通じた上でネーミングをしました。だから、土地の名前は必ずその土地の形、意味、機能、特徴を読み込むというか、ほとんどそれをそのまま土地の名前にする。

北海道の地名はほぼアイヌ語起源で、東北の場合も多くがそうだといわれています。アイヌの人たちは、地形を読んで、その土地の機能を読んで、名前をつけることがうまかった。

つまり、自然を読む力を彼らが持っていたから、そうやって自然を読まなければ生活が成り立たなかったから、人は自然に対して知恵を発揮した。そういう時代だったんだと思います。

それに対して最近われわれは非常に怠惰になりまして、土地を読まない、地面の形や性質を読まない。山があったら削ってしまう。地形を変える。そういう生き方からは、地形に添った地名は出てこない。それで、希望ヶ丘や陽光台や光が丘ばかりがはやる。

東京都の地名もそうですね。たとえば、本当にもったいないのですが、霞（かすみ）町という（霧月と同じように）美しい地名がいまは南麻布になった。南や北がついて、やたらふえるだけで、何の味も素っ気もない地名ばかりになってしまいました。宮澤賢治を読んでいると、地名の力が非常に強く働いていることをいやでも思い知らされます。

宮澤賢治は言葉のマジカルな力を呼び覚ますのが上手です。

動詞があって、目的語があって、補語があってというふうな文章観でゆくと、抜けてしまう、短いけれども格段に強い力を持った言葉が、世の中にはあります。呼びかけ、定型句、言い回し。

賢治の『風の又三郎』のなかで子供たちがみんなで、あるいはこっそりと、森の霊を呼ぶ。

「雨はざっこざっこ雨三郎
風はどっこどっこ又三郎」

このリフレイン。誰が言ったのでもないのに、この言葉が聞こえてきて、そこでちょっと又三郎が、高田三郎君ですが、脅えて、川からみんなのところへ走って戻っていって、「いま叫んだのはおまへらだちかい。」と聞くのです。子供たちは、「そでない、そでない。」と否定する。そうすると、この「雨はざっこざっこ雨三郎　風はどっこどっこ又三郎」という呼びかけは、たぶん山の霊、あるいは風の霊、自然そのものが子供たちに向かって発した声ではないか。

一つのセンテンスとして意味があるのではないけれども、呼びかけによってみんなの心が大きく動く。そういう強いマジカルな言葉がある。それを上手に宮澤賢治は使います。

子供が言葉を覚える時、最初は単語単位です。一つの言葉を口にすると、たとえばそれが食べ物の名だと、親がそれを与える。名を呼ぶとその実物が来る。言葉の機能に子供は目覚める。そうやって人は言葉を覚えるとぼくたちは普通考えている。しかし、それ以前に、発語の生理的快楽というものがありますね。小さい子供が何げなく口にしているうちに、口調がよくて気持ちがいいから、繰り返し繰り返し言う。いわゆる喃語。とくに小さい子供はそうやって言葉を覚えてゆく。その後から意味がついてくる。シンタックスがわかって文章になるのはもっと後ですね。

『雪渡り』という話のなかで、最初に、「堅雪かんこ、しみ雪しんこ」という呼びかけが出てきます。そう呼びながら、幼い二人が雪の野原を歩いている。そこへ、キツネが出てきて、話が始まります。この子供たち二人はまだ小学校に行っていなくて、それがキツネたちとおつきあいできる条件なのです。ですから、あとでキツネの幻燈会の時にこの二人は呼ばれますが、上のお兄さんたちは呼ばれない。イノセンスといいますか、まだ本当に幼児であることがキツネたちとのつきあいの資格というふうに考えられる。そのイノセンスの資格を最も具体的に表しているのが、「堅雪かんこ、しみ雪しんこ」という響きのいい、意味の薄い、呼びかけの言葉です。

散文ではこういう短くて強い言葉はなかなか使えない。しかし宮澤賢治は、全体として意味を追ったり流れを作ったりしてゆく中に、こういう異質な文章の素材をポンと入れて、文章全体を実に生き生きしたものに変える。言ってみれば、詩と散文の間を自在に行き来する。それがこの人の言葉の力だと思います。

もう一つ、『銀河鉄道の夜』で、青い旗(はた)を持った人が渡り鳥の渡りの指揮をしている場面があります。鳥と汽車とがぶつからないように交通整理をしているのだろうと思うのですが、この人が旗を振って、「いまこそわたれわたり鳥」と大声で言います。それに合わせて鳥がわさわさっと飛んでいく。なかなか印象的な場面ですが、この場合、「いまこそわたれ」というのは、「線路をわたれ」、あるいは「踏切をわたれ」みたいに聞こえて、それとその次の、遠くへ飛んで行く、旅をする鳥としての渡り鳥の「渡り」

という言葉が重ねられて、一種のシャレになっている。高い塔の上でこうやって叫んで旗を振っている人のこの言葉は、強い印象を残します。

言葉は人に対して、実用性以上の強い力を持っている。先ほども『よだかの星』の例を挙げましたが、いちばんいい例は、実はいじめなのです。相手に対して、論理的には意味がない同じ言葉を、しかし繰り返し言うことで呪術的な効果を期待する。これは言葉のマジカルな力の暗い側の応用例だと思います。

『銀河鉄道の夜』にもその例が一つあります。ジョバンニは、お父さんが帰ってこないために、それからたぶん貧しいために、ほかのみんなにいじめられている。冷ややかな目で見られている。彼が川のほうへ行く途中で、ほかの子供たちが「ジョバンニ、お父さんから、らっこの上着が来るよ。」と呼びかける。これは具体的に意味のある言葉ですけれども、繰り返し彼に対して言われているために、結果として具体的なラッコの上着の話を超えて彼に対する悪意のメッセージになっている。

もし、ここでその子供たちに、そういうことを言ってはいけないと大人が言ったら、「だって、きっとラッコの上着が来るよって、そう言っただけだよ」というふうに逃げると思うのです。ここでいじめる側の子供が使っているのは、日常的な言葉とマジカルな呪術的な言葉のすりかえという詐術です。

彼はさまざまな言葉の使いかたをします。

それを理解した上で、ここまで見てきた詩人としての宮澤賢治の言葉のセンスの例とは別に、ほかならぬ、この花巻に生きて、暮らして、書いた人としての彼の言語生活について考えてみたいと思います。

彼は多重言語生活者でした。

この人は標準語で書きます。標準語、普通の日本語。ぼくは標準語という言い方には中央の権威の匂いがあるのであまり好きでないので共通語というのですが、宮澤賢治は基本的には日本全国で使われている標準的な日本語で書きました。

しかし、彼の日常生活はほとんど方言だったのではないでしょうか。方言、あるいはあえて岩手語といいましょうか。いまの岩手の言葉は共通語にずいぶん似ているけれども、違う言葉も多々ある。そういう言葉を使って、宮澤賢治は岩手語で日常の生活を送っていた。特別な場合、人前で演説をするとか、官庁に行くとかには、形式の整った共通語を使います。しかしふだんは岩手の普通の人々の言葉を使った。さきほどから何遍か引用している『風の又三郎』の中で、先生は共通語で話しています。きれいな、きちんとした、よそゆきの言葉を使います。しかし子供たち同士はもっとずっと生活感のある、自分たちの言葉、土地の言葉、岩手語であり、花巻語である、そういう言葉で話をしている。このように二重に言葉を持っていることが宮澤賢治という人の奥行きをずっと深くしました。

さっきぼくは多重言語生活者という表現を使いました。というのは、彼の言葉は二つだけではなかった。言葉に対するセンスと興味が非常に強いために、彼はエスペラントをかじってみたり、仏教系の用語をたくさん使ったり、仏典をそのまま作品のなかに引用したり、さまざまに使っています。ヨーロッパ語もありますね。ドイツ語もフランス語も英語もラテン語も出てくる。それがこの人の多重言語性です。

方言、岩手語の使い方について、なかなかみごとだと思う例の一つとして、たとえば『鹿踊りのはじまり』という変な話があります。鹿踊りとは、このあたりの民俗舞踊の一つで、この話はそれがいつどういうときから始まったかという一種の縁起譚になっています。嘉十という男が、山に行って、弁当代わりに持っていた栃の団子を食べる。途中で、おなかがいっぱいになったので、残りは鹿にでもやろうと思って、それをそこに置いて、そのまま山の奥へ仕事に行きます。途中で、そのお餅の横に手ぬぐいを忘れてきたことに気がついて、取りに戻る。すると、鹿が五頭集まっていて、その手ぬぐいを何か怪しいものだと思って、一頭ずつ調べに寄ってはすぐに飛びのく。嘉十はそれを物陰から見ている。その動き、鹿が手ぬぐいに向かって寄っていって、また戻るという動きが、やがて鹿踊りになったんだというふうな話なのです。

そこで、鹿は何語でしゃべるか。鹿は共通語を知りません。鹿は言葉を知らないと言ってしまうとこの話は最初から成立しないから、言葉は知っている。しかし彼らの生きかたは自然そのもの、土着そのものですから、当然、鹿は地元の言葉をしゃべります。鹿は共通語は知らない。ぼくは岩手語に不案内でして、うまく読めませんが、それを承知で声に出して読んでみれば「そだら生(い)ぎものだないがべ、やっぱり茸(きのこ)などだべが。毒(ぶす)茸(きのこ)だべ。」という風に話す。地の文は共通語でも、この鹿の言葉は絶対に岩手語でなければだめなんですね。この切り替え、共通語の話が、ここでいきなり方言がぽんと出てくることで、読み手のほうは、ああ、これはほかならぬ岩手の山の中の話なんだということを強く意識する。

　ここのところの岩手語は漢字を交えて書いてあるので、状況がわかっていれば、共通語しか知らない者にも理解できます。そのあたりの呼吸が実は方言を小説のなかで使う場合、最も難しいところなんですけれども。

　強い印象を与えるために方言を使っている話として『ひかりの素足』というのがあります。主題からしてぼくはこれをさっき申し上げた『水仙月の四日』と対にして考えることにしております。『水仙月の四日』の方は、一人の子供が吹雪に巻き込まれて、ほとんど死にそうになるんだけれど、吹雪の側の精霊といいますか、雪を降らす係の天の子供、雪童子(ゆきわらす)という超自然的な子供のちょっとした好意で、死なないですむ。人の世に帰ってくる話です。

　それに対して、『ひかりの素足』のほうは、二人の子供がやはり吹雪に巻き込まれて死に瀕(ひん)する。二人は彼岸に渡って、地獄の鬼に責められ、苦しい思いをしながら、仏にすがって助かり、兄の方は現世に戻ってくる。弟はそのまま来世の側、彼岸の側にとどまる、という話です。

この二つの区別、意味、自然と人間の関係、救いについては、別の機会に話しましたので、ここでは繰り返しません。『ひかりの素足』で特にうまいと思うのは、現世の側、子供たちが吹雪に巻き込まれて、意識が遠くなるところまでの会話は岩手語なんです。そこから、彼岸に渡って、来世の側は共通語になっています。つまり、生死の境を越えることによって、彼らは一個の子供、この土地のこの子供であるところから、来世の側で普遍的な、広い世界に生きるものに生まれ変わっていく。それを言葉を変えることで表現する。このからくりはたいへんよくできています。

もちろん、岩手弁花巻弁の使い方でいちばん有名なのは妹さんのトシ子さんが亡くなった後で書かれた一連の詩です。たとえば「永訣の朝」であるとか、「無声慟哭」とか、あのなかでは、トシ子さん自身の言葉、口から出て話された言葉は花巻弁で書かれています。この場合は、詩的効果もありますが、彼女の言葉をそのまま、ここに生きてここに死んだ人の言葉をそのまま、ここに生きてここに死んだ人の言葉として引用することに意味がある。このテクストの正統性といいますか、彼女が言ったままを書かなければ、ここでは意味が生じない。それゆえに岩手語のままで書かれたのだと思うのです。それがやはり強い効果を、つまりトシ子さんという人の人格の存在感を強く訴えます。

ここまでくると、方言というものの意味をもう一度考えてみなければならないと考えざるを得なくなります。日本語は日本全国で通用しなければならない。テレビはだれがどこで見ているかわからないから、共通語で話さなければいけないというのはもちろんよくわかるんですけれども、それに対して、われわれが地方語を、宮澤賢治の時代から比べてずっと失いつづけてきた地方の言葉の意義をもう一遍、考えなければいけないと思います。

ぼくは沖縄に住んでおります。沖縄はまだ沖縄の言葉がしっかりと残っていて、日常でも使われています。これはいろいろ理由があって、何といっても内地から遠く離れ、歴史も違うし風俗も違う土地だということがあります。芸能が盛んで、民謡が日常的に歌われるということもある。みんながよく歌うし、地元のレーベルのCDもたくさん出ている、人が集まれば、だれかが三線を弾いて、歌が始まる。あるいは新しい民謡が作られる。歌の歌詞はみな沖縄の言葉、これを沖縄ではウチナーグチと呼ぶのですが、この土地の言葉ですから、それだけ地方語の出番が多い、残りやすいということがあるのです。ウチナーグチを使うことで沖縄人は自分がどういう文化に属するかを日々意識する。自分らしい生きかたをしていくうえで、これが役に立っているということが、あそこで暮らしていると、実によく感じられます。

そういう意味では、地方が地方である意識をしっかり持つために、地方語というものが残っていくことは、大事なのではないか。みんながみんな言語生活において全面的に東京になびく必要はないのではないか。

いま日本の高等学校の国語教育で地方語はどういうふうに扱われているのか詳しくは知らないのですが、あまり高い評価は与えられていないみたいです。しかし、われわれは日本人であると同時に、その県、その町、その村の人間であるわけで、この二重性をそのまま保持していかないかぎり、地方のアイデンティティというものはしだいに薄れていくのではないか。

ぼくは今年から芥川賞の選考委員をやっているのですが、現代的な雰囲気を書こうとした作品では、地方の話でも、単に地方でしかないという扱いで舞台を設定する例が多いのです。どうせここは東京じゃないから、どうせこんなところだからというだけで、具体的に何がどう東京でないのか、どういう土地なのか、それが書いてない。これは悲しいものですね。土地の土地らしさを保っていくためには、やはり言葉が大事だと思います。

つまり、だれにとっても自分がいるところが世界の中心であって、そこから始まって世界が広がっていく。それに対して、東京との距離をもって自分の位置を規定し、最初から非東京である二流の場としてとらえてしまうと、地方で生きることそのものが浮足立った、宙に浮いたものになるのではないか。言葉一つとっても、そういう例は多いんじゃないかと思うのです。

これは半分は余談ですが、戦争が終わったときに、教育の場では国史という言葉が日本史に変わりました。では、なぜそのときに、国語という言葉は日本語に変わらなかったのか。国語と呼ぶと、日本唯一この言葉だけ、そういう印象がどうしても強くなるのです。歴史教育の場合には、日本は今の世界にたくさんある国のうちの一つであると知って、他の国と自分の国を相対的に見る、そういう客観的な視点を持つことが、今後の世界であいう戦争を起こさないといいますか、上手に平和的に生きていくうえでの一つのカギであるというふうに考えて、それで恐らく国史が日本史に変わったんだろうと思います。

では、日本語は唯一、日本でたった一つの言葉であるか。あるいは共通語はたった一つの言葉かどうか。国語と言ったとたんに、地方の言葉を失うし、アイヌ語はなくなるし、さきほどから申し上げている沖縄の言葉も（非常に隔たりが大きいものですから、日本語とは別の、沖縄語という項目を立てたほうがいいと言語学者は言います）、また失われかねない。国語という言いかたはそういう風に言葉観を統一しすぎるのではないかという気がします。

たとえば、皆さん、よく母国語という言葉を使われる。あなたは母国語は何ですかと聞く。母国は母の国、生まれた国、自分の所属する国だからいいのですが、その母国に言葉が一つとは限らないのが世界の現実です。一国一言語だけで済んでいる国は少ない。そういう世界観が通用しない国のほうが多いと言ってもいいと思います。

生まれて最初に覚える言葉を英語で mother tongue と呼びます。直訳すれば母語、お母さんから聞いた言葉、それがいちばん最初に人が覚える言葉です。しかし、お母さんの言葉はその国にたった一つの言葉である場合は、実は多くないのです。

アメリカは英語の国ですが、南のほうへ行くとスペイン語を母語とする人が多い。スペイン語を公用語にしようという動きがあって、これがなかなか実現しないのは、実はスペイン語の勢力が大きすぎるからという英語人側の抵抗なんだそうです。だから、本当に少ししかいないけれども、歴史的な意味を認めてという形で、ハワイの先住民の言葉は公用語になった。ハワイ語はハワイ州では公用語です。これはアメリカのたった一つの例ですが、そのように、あの国にはたくさんの言葉があることはみんな知っている。だから、アメリカ人だから英語、と思い込みで話をすると、違う場合だってある。国によってはもっともっといろいろな言葉があります。

そういう意味では、一国一言語という、島国的な考え方で言葉をとらえていくと、大事なものを落とすんじゃないか。地方語の扱いは、その一つの例ではないか。脱線のように聞こえますが、これは宮澤賢治を考える場合には、たいへん大事な一つのカギであると思います。

というのも、この人は近代日本の作家たちのなかで非常に珍しく、東京に出なかった人だからです。実際には東京にも何度か行っていますが、それでも東京生活になじんでしまわなかった人です。あるいは、都会の生活を選ばなかった、たいへんに稀な文学者です。

明治以降ずっと、文学史を考えてみて、鷗外、漱石、芥川、谷崎、その他、ずっと考えてみても、地方をしっかり書いた人がいかに少ないか。いま申し上げたクラスでいえば藤村と晩年の谷崎だけではないですか。当時の日本人は東京に行くことと東京を書くことをもって文化の仕事と見なしたのだと思います。その東京の向こう側にヨーロッパがある。遅れた国であるから、ヨーロッパをこちらに持ってくることが大切で、その輸入センターとして東京がある。司馬遼太郎さんはこれを配電盤と呼びましたね。したがって、文化にたずさわる者はみなそっちを見て暮らす。作家ももちろん例外ではない。しかし、それに対して宮澤賢治は、自分は花巻にいる、花巻が自分の場所である、ここを書くことが日本人全体、人間全体を書くことにつながるという強い確信を持っていました。

最初にぼくは、宮澤賢治はたいへん奔放で、エネルギーがあって、すごい勢いで書きつづけたと申し上げましたが、そこにもう一つ、この人のまことに感心すべき特徴として、自分を信じて疑わないということがあります。あれだけ書いて、実際に本にしてもほとんど売れない。反響もこない。周囲に親密な友人や、弟子と呼んでいい若い人たちがいたけれども、全国的にはほとんど認められない。そのなかで、しかし、書くことに意味がある、自分が書いていることに必ずいつか意味が生じるというふうに信じて書きつづける。この、自分を恃む力。この意志の強さは瞠目に値します。しかも、それが地方、東京ではない場所で営まれてきたというところが大事なんです。

地方の意味は、いまごろになってようやく、少しだけみんなに伝わってきました。そういう意味では彼はちゃんと先を読んでいたというのが、いまになって、現にこうやって宮澤賢治が読まれているという状況のなかで、証明されたのではないかと思うのです。

なぜ地方にいることが大事か。全部見えるのです。東京にいると、東京しか見えない。しかし、花巻というのは実に微妙な場所でして、このサイズの地方都市ならば東京の側も見える。モダンなものも入ってくる。彼は、蓄音機でレコードコンサートをやったり、芝居をやったり、時には東京に行って歌舞伎を見たり、そういうことをしている。その一方、町を出れば、そこには昔のままの山があるし、地面をしっかり耕して、農作物を作っている農民たちもいて、それも見える。この、全部が見える場所にいたというのが、この人の目配りの広さのカギであると思うのです。

また少し具体的に話をすれば、『土神ときつね』という悲しい話があります。三角関係の恋物語です。女性にあたるのが一本の樺の木でして、さっきのベチュラ公爵も樺ですが、この樺の木に対して、キツネと土神、これはツチガミと読むのかドシンと読むのか知りませんが（感じとして泥臭い神様だからツチガミでいいんじゃないかなと思いますが）、この二人が好意を持って、いろいろ接近する。

この三角関係は非常に悲劇的な終末を迎えるのですが、ここでキツネの側が代表しているのは、新しい、ぴかぴかした、都会的な、知的なものの考え方、生き方です。彼はインテリで、たいへんスマートで、賢い。ものをよく知っている。ぺらぺらしゃべる。たとえばだれかに聞かれるとすぐに返事をする。それも弁舌さわやかに説明する。樺の木のところへハイネの詩集を持っていってプレゼントしたりする。

あるいは星の話になって、星にはいろいろなのがあって、たとえば星雲というのはみんな違う形をしていて、猟犬座なら渦巻きだし、「環状星雲（リングネビユラ）といふのもあります。魚の口の形ですから魚口星雲（フイッシュマウスネビユラ）とも云ひますね。そんなのが今の空にも沢山あるんです。」なんて喋（しゃべ）る。

樺の木さんは、ちょっとボーッとして、「あたしいつか見たいわ。魚の口の形の星だなんてまあどんなに立派でせう。」と返事をする。

キツネは、「それは立派ですよ。僕水沢の天文台で見ましたがね」と、ちょっと得意そうに言う。水沢の天文台というのは、ここ花巻のすぐ近くです。昔から緯度の観測で有名な場所です。そういう具体的な地元の地名もぱっと出てきます。

キツネはそんな風に調子よくしゃべる男であって、「僕実は望遠鏡を独乙のツァイスに注文してあるんです。」と、全然ウソなんだけれど、言ってしまう。そういう、つまり都会的な、スマートな、お調子者。これが都会の人間なのです。そういう人がいるところが都会です。

それに対して土神のほうは、これはもう野暮ったいかぎりで、性格は粗野で、乱暴、見た目は汚らしいし、すぐ、すねるし、始末が悪い。土俗の側の代表でしょうか。しかし、その土神は、「たとへばだね、草といふものは黒い土から出るのだがなぜか青いもんだらう。黄や白の花さへ咲くんだ。どうもわからんねえ。」などと、自然の最も根本に根差した、たいへん意味の深い、奥行きのある疑問をポッと発する。

この二つの対比は、まさに都会的なるものと田舎的、あるいはもう一つ進んで、人工的な文化と自然そのものとの対比です。そういう対立がある。そういう尺度があることを宮澤賢治はよく知っています。

彼自身、花巻のいい家の出で、インテリで、収入もあって、そのことを彼は後に苦しい思いで見つめますが、文化的なものにも接することができる。ある意味では特権的です。その特権的な立場を彼は実にうまく利用した。だから、都会とは何か、田舎とは何か、自然とは何か――この全体を見渡すことができたのです。

こういうことに成功した文学者は、ぼくが知るかぎり、近代日本には他にいません。それがいま、この人の作品がこれだけ読まれている理由ですね。単なる共感だけではなくて、もう少し、みんな何かを学ぼうというまじめな姿勢をもって読まれている一つの理由だろうと思います。

自然に近いという点について、一つだけ具体的な例を挙げておきます。ぼくがいつも感心するのは、『なめとこ山の熊』です。これは猟の名人である小十郎という男と熊との交流の話です。これにも都会的、あるいは進んだ社会の象徴的な例として、山では非常に優れた猟師であり高貴な人物である小十郎が、獲った獲物を持って町に行くと、とたんに卑しい扱いをされる。そういうズレといいますか、価値の尺度のズレをたいへん上手に書いています。

小十郎は山の中で熊たちと交流する。猟に行って鉄砲で撃つのだから、熊と小十郎は敵同士であるけれども、しかし、猟というのは一方的に殺すだけの残酷な行為でなくて、一種の心の通い合いです。狩猟ということについてどうも農耕民以降の人たちは誤解していて、野蛮である、残酷だというのですが、宮澤賢治は殺生は嫌いでしたから、殺すことをたいへん悲しいこととして書いていますが、また、ぼくは、お互いにわかっていなければハンティングはできない、動物というものを理解していなければ猟はできないと考えています。熊たちと小十郎の間に心の通い合いがあったことがこの話の要点なのです。

このなかで、一か所、熊の親子がおしゃべりをしているエピソードがあります。その場面を小十郎が遠くから見ている。それなんですが、この熊の親子の会話のみごとさ。いかにも熊の親子がそこで親子らしい情愛をたたえて、そこから見えるものについて話をしている。これがたいへん上手なんです。

宮澤賢治はもともと野外派の詩人でして、どの詩を読んでも、彼は野原に立っている、山に立っている。上には青空か、星空か、曇り空がかかっている。屋内での詩はほとんどない。

そういう人ですから、外の情景を書くのがたいへん上手なんですが、それにしても、この熊の親子の話を読んでいくと、なるほど、よくわかっていたんだな、自然の側がそこまでわかっていて、人間が為すことの意味がわかっていて、都会が何かわかっていたんだと感心します。そういうもの全部が彼には見えた。

見えたというのは、やはり見える場所にいたから。見える力、眼力があったから。それを表現する言葉の力があったから。こういうものが一人の人間のなかに備わって、最初に申し上げたように、それを全部、駆動する強力なエネルギー源を備えていた。まことに不思議な人であると、何度読んでも、思います。

都会について言えば、彼はモダニストです。非常にモダンなものが好きでした。新しいものの流行をよく知っていて、それを実にうまく作品のなかでも使う。たとえば、花巻とほぼ同じサイズの地方都市、そういう町を舞台にしているはずの『セロ弾きのゴーシュ』、あの職業がなんとセロ弾き、つまりチェリストですからね。非常に新しい、西洋的な、ようやくそういうことが職業として成立するかしないかという時期に、そういう職業の人を主人公にする。

成立するかしないかということがわかるのは、金星音楽団という楽団のいちばんの仕事は、映画の音楽だからです。今の演奏者たちの業界用語でいうと劇伴・飯伴のうちの前者に近い（芝居の音楽が「げきばん」で、レストランなどで生演奏するのが「めしばん」です）。映画の場合は何と呼ばれたのか、浅草風にいえばジンタですね。そういう仕事でふだんは食べている。ときどき芸術的な仕事としてコンサートをやる。最先端の仕事です。宮澤賢治自身も、音楽をいろいろやって、あまり上手じゃなかったらしいですがチェロをいじったりしている。

あるいは、鉄道。今では鉄道という言葉も何のインパクトもなくなってしまいましたが、あの時期の東北の町で鉄道がどのくらいすごいものだったか、すばらしいものだったか、鉄道のおかげでどれほど遠くに夢を馳せることができたか、これは今の人々の想像を絶するものだったと思います。

ぼくは北海道の帯広という田舎町の生まれです。あのころ、人口五万くらいですか。ですから、子供のときに、汽車というのは世界でいちばんエライと心から思っていました。ああいう大きなものがあって、大きな音を出して、煙を出して走ってゆく。線路がどこまでも続いていて、子供の頭ですから具体的にわからないのですが、ともかく札幌というところまで線路が続いていていて、乗ると、そこまで行ける。そこから人やモノを連れて来る。これはもう本当に感動的なのです。だれかの見送りとか出迎えで駅に行くと、ホームのいちばん先頭まで行って、機関車をよく見る。真っ黒くて、石炭と蒸気の匂いがして、しかもあれは、皆さんはもうご存じないかもしれないけれど、近くにいくと暖かいのです。石炭を焚いているから、ボイラーの熱気がワーッと来るのです。

戦前の花巻だって戦後すぐの帯広と似たようなものですから、最も新しいものの象徴、見た目の強烈な印象、そしてさまざまな新しいものをもたらすものという二重の意味での印象的な汽車がある。

そういうものの使い方を考えてみると、やはりあの人はモダニストであって、都会のほうにひかれる、新しいものにひかれる、そういう感受性もたっぷりあったにもかかわらず、それをちょうどバランスをとるかのように、一人で山の中に入っていって、歩き回って、木や動物と対話をする。そういう力を二重、三重、四重に持っている。まことにすごい人であったと考えます。

迎えにくるのは誰か

昔から宮澤賢治を読んできて、ずっと気になっていたことがある。迎えに来る者は誰かということだ。

一番わかりやすい例は『雪渡り』の終わりのところ、狐の幻燈会に招かれた四郎とかん子が、小狐紺三郎たちに歓迎されて楽しい宵を過ごした後、森を出て野原を家に向かう時、「その青白い雪の野原のまん中で三人の黒い影が向ふから来るのを見ました。それは迎ひに来た兄さん達でした。」という部分である。兄さんたちは十一歳以下という年齢制限にひっかかって幻燈会には出られない。弟と妹にお土産を持たせて送り出し、宴果てたころ迎えに来たと考えれば、それ以上の意味はないようにも思われる。

しかし、この兄さんたちは最も無垢な例であって、他の話では最後に迎えに出る者の役割はもっと重いことが多いのだ。宮澤賢治の話には「行きて帰る物語」が多い。異界に行って、ある超常的な体験をして、また日常に帰ってくる主人公たち。その主人公はたいてい日常の側の代表によって出迎えられ、円滑に普段の生活に戻る。

『雪渡り』以上に緊迫した事態を例に挙げれば、世界で最も美しい雪の物語である『水仙月の四日』では、吹雪に巻き込まれた子供を最後のところで「かんぢきをはき毛皮を着た人」が迎えに来る。正確に言えばこの話の主人公は子供ではなく雪童子の方だろうが、しかし異界体験をするのは子供である。彼は「水仙月の四日」という降雪特異日の猛烈な雪の世界に入って、雪童子の気遣いのしるしのやどりぎをしっかり握り、赤い毛布にくるまれて眠ったまま迎えを待っている。そして、日常への帰還を保証する迎えはちゃんと来るのだ（この子供は死んでいるという解釈もあるようだが、雪童子自身が「大丈夫だよ。眠ってるんだ」と言っている以上、ぼくはこの説を取らない）。ほとんど同じような状況でも、『ひかりの素足』では二人兄弟の一方は雪の中で死ぬ。この時も麓から迎えは来るけれども、その人々の手の届かないところに子供は行ってしまっている。

この二つの作品を並べてみると、その対照性まで含めて美しいことに読む者は感動する。人はみなこの二つの間で迷うべきだ。自然は生命を育み、生命を奪う。そういう自然の厳しさと公正さを語るものとして、どちらかと言えば『ひかりの素足』の方をぼくは選ぶ。その一方、雪童子の心遣いが自然にあったらという、子供をなくした親たちの願いもまた切実であるだろう。いずれにしても、宮澤賢治という詩人によって人と自然の関係はこうして真実と希望の二様に書き分けられているのだ。

彼はいつも真実と希望との間でうろうろしていた。それが出迎える者の性格に幅を与えた。『雪渡り』の兄さん達から、唐突なデウス・エクス・マキナまで、実にいろいろな者が話の最後になって登場する。異界から日常に帰ってくる場合には最後に登場するのは出迎えの者だけれども、日常の不条理に疲れて彼岸に渡ろうと願う者のもとへ最後に現れるのは、これはもう救済者と言っていい。いずれにしても彼らの登場なくして物語は終わらない。

内部に差別といじめのシステムを抱えた『猫の事務所』はいきなり現れる獅子によって解散させられ、そこでかま猫の不幸は終わる。みんなの笑い者だった『気のいい火山弾』は採集に来た学者たちに称賛され、標本として大学へ運ばれる（火山弾自身が嘲笑を超越しているところがこの話の眼目なのだろうが）。山猫に喰われそうになった『注文の多い料理店』の二人のハンターは「白熊のやうな」二匹の猟犬に救出される。『オツベルと象』の間の一方的な搾取関係をぶちこわすのは手紙で呼ばれた仲間の象たちである。

異界に行った主人公を出迎える者、あるいは苦悩の現実の中へ現れて主人公を苦悩なき彼岸に導く者、彼らの登場を待ってこれらの物語はようやく終わる。だが、ぼくたちがよく知っているとおり、現実の世界ではオツベルに酷使される象のところへ仲間は来ない。猫の事務所は永遠に続くし、気のいい火山弾はずっと馬鹿にされたままなのである。二人の愚かなハンターはたぶん山猫に喰われるだろう。

彼の作品の中で、出迎える者・救済に現れる者を必要としない主人公を探すとすれば、その代表はどうしてもグスコーブドリということになる。彼こそは強き者であり、自分で道を見つけられる確信者だ。しかしそれが自己犠牲の道であることをそのまま追認していいかどうか。ぼくは彼の生きかたに全面的に共感するものだが、しかし、外に救済者を必要としないこの終わりかたには共感できない。これは自分をできるかぎり生かしめるという生命の第一原理の否定になってしまう。してみると、なるべく誠実に生きながら、出迎えの者、救う者を待つのがやはり正しい生きかたなのだろうか。待っているという姿勢はそう悪いものではないのに、どうも宮澤賢治という人は待てない性格だったようだ。

流星を捉えて放つ

梨木香歩

「宮澤賢治の詩を読もうと思う。」

　この本の表題作ともなっている「言葉の流星群」は、そういう一文で始まる。いわゆる「雨ニモマケズの宮澤賢治」を離れ、「勝手気儘にこの詩人の世界を跋渉し」ようと、気負わずにまるで当てずっぽうに手を伸ばした先に、たまたまその作品があったのだという手つきで、著者はひとつひとつの詩を紹介し始める。冒頭、賢治の詩の特徴を、「輝く結晶をたくさん含む母岩のような」と言い表わす言語表現の的確さに、読者は著者自身も詩人であったことを再確認する。書き手の事情から離れた、純粋にテクストとしての詩を見ていこうとする。禁欲的求道的人格者と捉えられがちな宮澤賢治のイメージを離れ、素直に詩テクストを読む、と。その理由として、「生活よりも才能の方が大きかった人の場合、伝記を重視すると才能が生活のサイズまで縮んでしまう」。「作品の細部を解く鍵を人生の側に探すという姿勢はどうにもゴシップ趣味で、ものほしげに見えて、好きでないのだ」。「作品を読む喜びと謎解きの楽しみを混同してはいけない」。ほんとうにそうだと、思わずうなだれてしまうような説得力のある言葉が次から次へと続く。しかしなまじっかなことでは染み付いたイメージは払拭できない。既存のイメージから離れる、そのための工夫として、「……ここでだけは詩人をケンジさんと呼ばせてもらおう。いわゆる宮澤賢治とは別の、仮想の人格、ただテクストを束ねるための名と思っていただきたい」。

著者・池澤夏樹氏がこの仕掛けをしたことで、「宮澤賢治」は、（彼の心底逃れたがっていた）「重力」からずいぶん自由になったように見える。彼の死後についた、詩聖、聖人、その他さまざまな毀誉褒貶からも。その仕掛けに倣い、この小文の部分部分でも、宮澤賢治をケンジさん、著者をナツキさんと呼ばせていただこう。

ケンジさんとナツキさんの間には共通点が多い。ともに文学をものしながら理系の教養が際立っている点もそうである。「岩手軽便鉄道　七月（ジャズ）」の中に、「うつうつとしてイリドスミンの鉱床などを考へ」という詩句について、たいていの読者が私のようにイリドスミンの何たるかがわかっていない（あるいは忘れている）のを承知しているナツキさんは、まるで出来の悪い生徒に辛抱強く教えるように「イリドスミンは稀元素イリジウムを含む白金の砂だが、イリジウムというと恐竜の絶滅を巨大隕石の落下で説明しようとしたアルバレスたちの仮説が思い出される。世界各地の地層の中にイリジウムが異常に多い層が見つかることが彼らの論拠だった」と説明し、それから、「こういう話をケンジさんとしたら、これはずいぶん楽しかっただろうと思う」、と呟き、私たち（お盆かなにかで集った近所の村の有象無象のイメージ）は、ほんとうにそうだ、どんなにかお二人で話が弾んだことでしょう、と頷く。ナツキさんに「口に出してリズムを味わって読むように」と忠告してもらわなければ、私たちは「岩手軽便鉄道　七月（ジャズ）」の真の楽しさが一生わからなかったかもしれない。それから例えば、白亜紀、ジュラ紀が詩の中に登場することに寄せて「映画の『ジュラシック・パーク』を（ケンジさんに）見せたらどんな感想を口にしたか、聞いてみたい」、石炭紀の蟻が云々という詩句にたいして、石炭紀にはアリはいなかったはず、としながら「こういう話題についてケンジさんと話してみたかった」とナツキさんがしみじみ述懐するたび、座敷で話し込む二人のようすが目に見えるような気分になる。「三三七　国立公園候補地に関する〔意見〕」という詩のブラックユーモアさ加減には、「まったくケンジさんも何を考えているんだか、と言いながら、それでもこちらも愉快な気持ちになる。とんでもない話だけれども、すごくおかしい」、と噴き出さんばかり。

そういう「親身さ」が、だから、ケンジさんに顕著なある面について、「それはちょっと尋常ではないよ」と、ナツキさんを詰め寄らせるのだ（詰め寄る、というのは少し気色ばんだ表現だが、実際「親身さ」があるので、どんなに鋭い言い方になってもケンジさんの身を案じて、というニュアンスが感じられる）。その「ある面」とは、自己犠牲のことだ。

とかくストイックに自己犠牲を理想としがちなケンジさんに、常に実際的現実的な視野に立つ池澤夏樹を本体に持つナツキさんは、ごく自然に疑問を投げかける。自分が肥料設計をしただけで（作物がとれないのは天候不順によるものであろうに）不作の弁償をして歩くというケンジさんに、「それはやはり普通ではないよ」と冷静に声をかける。飢饉に苦しむ皆のために自分の生命を差し出すグスコーブドリに「楽しく暮らすために誰かの生命が必要なのだとしたら、ぼくたちはそれをただ感謝して受け入れるだろうか？」とも。「冬のスケッチ」にも、

「まことにひとにさちあれよ
　われはいかにもなりぬべし」

という一節があるが、やはりこれも少々子ども染みた悲壮美に酩酊する匂いがする。「自己犠牲」という、ある意味では美的で崇高な在り方に、ケンジさんの麻薬的な嗜好性を感じてしまう。これは形を変えた破滅願望ではないのか。ナツキさんは、その、どこかルサンチマンを燃料にして高く飛翔するような在り方に、直観的な疑問を感じたのだろう。

　ケンジさんとナツキさんの共通点には、「遠くを見る視線」というものもある。いかに遠くまで見ることができるかが大事だと思う、とナツキさんは言う。「詩人とは、日常から遠方に至るその距離感の表現者である」と（これはケンジさんについてであると同時に図らずもナツキさん本人のことでもある）。「遠くを見る視線」はまた、自らの「青年の理想」を矯めることなく捨てることなく保持し続ける力でもあったのだろう。

近年池澤夏樹の仕事は、本来の詩人、小説家ということを越えて、この国の土台となるべき社会全体の思考力の涵養（かんよう）という部分にまで守備範囲を広げているように思われる。彼の個人史はよく知らないが、いつの頃からかそういうスケールの父性を帯びてきた。若い読者たちに、思索表現のテクストともなるべき文章モデルを提供し続けてもきた。三十七歳という年齢で生を終えてしまったケンジさんに向けるナツキさんの視線には、そういう父性のようなニュアンスも、ときとして感じられる。

例えばケンジさんは、かつて蝦夷などと呼ばれた、中央からは異民族であった人々を先住民族に持つ東北人でもあったが、当時の情報供給量の乏しさもありそれほど彼らの文化に詳しかったわけではなかった。このことを、ナツキさんは、実はとても残念に思っている。池澤夏樹は常に辺境を見つめてきた人だから、当然その文化にも詳しい。もしもケンジさんが（彼の趣味嗜好、資質を持ってして）彼らの文化に少しでも開かれたら、のめりこまないわけがない、と両方をよく知るナツキさんは残念がる。「……仮に今ケンジさんが先にぼくが引いた『萱野茂のアイヌ語辞典』を手にしたらどれほどのことをここに学んでいたか」。うんうん、と私たちは頷く。

ただそのケンジさんの「遠くを見る視線」が、科学から信仰へと境をまたぐと、とたんにナツキさんはお手上げだ、と宣言する。ぼくには宗教が人を救うメカニズムがわからない、と幾度も繰り返すが、これは彼が宗教に昏（くら）いということではない。たぶん、池澤氏にとって、この世界で何かわからないことがあり、それをそのままにしておくということは耐えられないことだから、理解不能と言った時点でそれについて既にかなりの研鑽を積んでいるに違いないのである（事実、『ぼくたちが聖書について知りたかったこと』という学び手としてその道の碩学に教えを請う体裁の著作もある。ディベイトに必要なくらいの知識はいつでも繰り出せるのだろう）。だから、彼がここで「わからない」を繰り返すのは、そういうふうに距離を取ることによって、ケンジさんの一番大切なところに踏み込まない、という宣言、ナツキさんの礼節の現れのように感じられる。

しかし、ケンジさんの「信仰」は、あまりに深く作品世界に嚙み込んでいるので、ときに真っ向から向かい合わざるを得なくなる。地殻の不変な剛性を決定するものが「如来の神力」や「衆生の業」であるということばに、ナツキさんは戸惑う。「科学者として、そういう短絡の回路はないという前提で、話を進めてきたのではないですか」と言いながら、この世ならぬ絶対的な「如来の神力」の前には弱々しい抗弁と思う。「如来の神力」には、一種の麻薬性がある。「ぼくは自分が世界の内側にいるとは信じられない。自分と世界は並び立っていると思う。そういう傲慢を捨てることができない。」しかしその「傲慢」こそが常にナツキさんをして麻薬の効力から遠ざけ、正気を保たせ、冷静な判断力を失わせずにいるのだろう。本人が望む望まざるにかかわらず。この「傲慢」は、彼の「遠くを視続ける力」とまた、無縁ではない。

ケンジさんは永遠の青年であった、とナツキさんは言う。そしてそのことばに納得し、深く頷くとき、私たちは同時に、青年らしい理想の高さを未だ手放すことなく、かつそれを、それと相反するものとされる成熟した知性とバランス感覚で支えることに成功した著者・池澤夏樹氏の、この国に稀なる個の在り方に、改めて瞠目せざるをえない。流星群のようなケンジさんの言葉を、一個一個ナツキさんは捉え、澄んだ文を付けて再び宇宙へ放った。

腹の底を知り尽くした旧友のように忌憚のない、「親身さ」にあふれたこの本のような「手紙」をこそ、孤独の晩年、ケンジさんはどんなに渇望し、待ち望んでいたかと思う。

初出

言葉の流星群　「本の旅人」1995年11月号～1997年10月号

ポラーノの広場に集う者　「小説TRIPPER」1996夏季号

宮澤賢治の自然――星と石と生物と　「文學界」1996年９月号

＊1996年６月１日に行われた講演（朝日カルチャーセンター主催、コニカ生涯学習セミナー）「宮澤賢治の自然」を基に再構成したものです。

宮澤賢治の言葉　「国語科通信」NO.97号（1996年）

＊1996年８月７日に行われた第37回全国高等学校全日制定通制国語教育総合研究大会（花巻市志戸平）における講演を基に再構成したものです。

迎えにくるのは誰か

「新校本　宮澤賢治全集第十巻」月報７（1995年 筑摩書房）

本書に引用された宮澤賢治の詩、童話は、「新校本　宮澤賢治全集」（筑摩書房刊）を底本としました。

本書は2003年３月に小社より単行本として刊行されました。

言葉の流星群

池澤夏樹

平成25年 8月25日 初版発行
令和6年 2月25日 15版発行

発行者●山下直久

発行●株式会社KADOKAWA
〒102-8177 東京都千代田区富士見2-13-3
電話 0570-002-301(ナビダイヤル)

角川文庫 18090

印刷所●株式会社KADOKAWA
製本所●株式会社KADOKAWA

表紙画●和田三造

●お問い合わせ
https://www.kadokawa.co.jp/（「お問い合わせ」へお進みください）
※内容によっては、お答えできない場合があります。
※サポートは日本国内のみとさせていただきます。
※Japanese text only

ISBN 978-4-04-100968-0 C0195

◆◆◇

角川文庫発刊に際して

角川源義

第二次世界大戦の敗北は、軍事力の敗北であった以上に、私たちの若い文化力の敗退であった。私たちの文化が戦争に対して如何に無力であり、単なるあだ花に過ぎなかったかを、私たちは身を以て体験し痛感した。西洋近代文化の摂取にとって、明治以後八十年の歳月は決して短かすぎたとは言えない。にもかかわらず、近代文化の伝統を確立し、自由な批判と柔軟な良識に富む文化層として自らを形成することに私たちは失敗して来た。そしてこれは、各層への文化の普及滲透を任務とする出版人の責任でもあった。

一九四五年以来、私たちは再び振出しに戻り、第一歩から踏み出すことを余儀なくされた。これは大きな不幸ではあるが、反面、これまでの混沌・未熟・歪曲の中にあった我が国の文化に秩序と確たる基礎を齎らすためには絶好の機会でもある。角川書店は、このような祖国の文化的危機にあたり、微力をも顧みず再建の礎石たるべき抱負と決意とをもって出発したが、ここに創立以来の念願を果すべく角川文庫を発刊する。これまで刊行されたあらゆる全集叢書文庫類の長所と短所とを検討し、古今東西の不朽の典籍を、良心的編集のもとに、廉価に、そして書架にふさわしい美本として、多くのひとびとに提供しようとする。しかし私たちは徒らに百科全書的な知識のジレッタントを作ることを目的とせず、あくまで祖国の文化に秩序と再建への道を示し、この文庫を角川書店の栄ある事業として、今後永久に継続発展せしめ、学芸と教養との殿堂として大成せんことを期したい。多くの読書子の愛情ある忠言と支持とによって、この希望と抱負とを完遂せしめられんことを願う。

一九四九年五月三日

角川文庫ベストセラー

きみが住む星

池澤夏樹
写真／エルンスト・ハース

成層圏の空を見たとき、ぼくはこの星が好きだと思った。ここがきみが住む星だから。他の星にはきみがいない。鮮やかな異国の風景、出逢った愉快な人々、恋人に伝えたい想いを、絵はがきの形で。

キップをなくして

池澤夏樹

駅から出ようとしたイタルは、キップがないことに気が付いた。キップがない！「キップをなくしたら、駅から出られないんだよ」。女の子に連れられて、東京駅の地下で暮らすことになったイタルは。

スモールトーク

絲山秋子

ゆうこのもとをかつての男が訪れる。久しぶりの再会になんの感慨も湧かないゆうこだが、男の乗ってきたクルマに目を奪われてしまう。以来、男は毎回エキゾチックなクルマで現れるのだが――。珠玉の七篇。

ニート

絲山秋子

どうでもいいって言ったら、この世の中本当に何もかもどうでもいいわけで、それがキミの思想そのものでもあった――（「ニート」）現代人の孤独と寂寥、人間関係の揺らぎを描き出す傑作短篇集。

白の鳥と黒の鳥

いしいしんじ

はつかねずみとやくざ者の淫靡な恋。山奥の村で繰り広げられる天国に似た数日間のできごと――など、奇妙なひとたちがうたいあげる、ファニーで切実な愛の賛歌！

角川文庫ベストセラー

落下する夕方　江國香織

別れた恋人の新しい恋人が、突然乗り込んできて、同居をはじめた。梨果にとって、いとおしいのは健悟なのに、彼は新しい恋人に会いにやってくる。新世代のスピリッツと空気感溢れる、リリカル・ストーリー。

泣かない子供　江國香織

子供から少女へ、少女から女へ……時を飛び越えて浮かんでは留まる遠近の記憶、あやふやに揺れる季節の中でも変わらぬ周囲へのまなざし。こだわりの時間を柔らかに、せつなく描いたエッセイ集。

泣く大人　江國香織

夫、愛犬、男友達、旅、本にまつわる思い……刻一刻と姿を変える、さざなみのような日々の生活の積み重ねを、簡潔な洗練を重ねた文章で綴る。大人がほっとできるような、上質のエッセイ集。

アンネ・フランクの記憶　小川洋子

十代のはじめ『アンネの日記』に心ゆさぶられ、作家への道を志した小川洋子が、アンネの心の内側にふれ、極限におかれた人間の葛藤、尊厳、信頼、愛の形を浮き彫りにした感動のノンフィクション。

刺繍する少女　小川洋子

寄生虫図鑑を前に、捨てたドレスの中に、ホスピスの一室に、もう一人の私が立っている——。記憶の奥深くにささった小さな棘から始まる、震えるほどに美しい愛の物語。

角川文庫ベストセラー

偶然の祝福　小川洋子

見覚えのない弟にとりつかれてしまう女性作家、夫への不信がぬぐえない妻と幼子、失踪者についつい引き込まれていく私……心に小さな空洞を抱える私たちの、愛と再生の物語。

夜明けの縁をさ迷う人々　小川洋子

静かで硬質な筆致のなかに、冴え冴えとした官能性やフェティシズム、そして深い喪失感がただよう――。小川洋子の粋がつまった粒ぞろいの佳品を収録する極上のナイン・ストーリーズ！

神谷美恵子日記　神谷美恵子

『生きがいについて』などの著書を残し、美智子さまのご相談相手でもあった著者が、40年間書き続けた日記から抜粋、編纂した日記抄。苦しみと悲しみのあいだにひそむ、人生の静かな美しさを伝える稀有な記録。

ナラタージュ　島本理生

お願いだから、私を壊して。ごまかすこともそらすこともできない、鮮烈な痛みに満ちた20歳の恋。もうこの恋から逃れることはできない。早熟の天才作家、若き日の絶唱というべき恋愛文学の最高作。

一千一秒の日々　島本理生

仲良しのまま破局してしまった真琴と哲、メタボな針谷にちょっかいを出す美少女の一紗、誰にも言えない思いを抱きしめる瑛子――。不器用な彼らの、愛おしいラブストーリー集。

角川文庫ベストセラー

クローバー　島本理生

強引で女子力全開の華子と人生流され気味の理系男子・冬冶。双子の前にめげない求愛者と微妙にズレてる才女が現れた！　でこぼこ4人の賑やかな恋と日常。キュートで切ない青春恋愛小説。

歌がるた小倉百人一首　田辺聖子

美しい日本の四季、永遠に変わらぬ人間の悲しみ、喜び、恋の悩みが歌い上げられている百人一首。その成り立ちから楽しみ方まで、古典に造詣深い著者がわかりやすく解説した、楽しい百人一首入門。

人生は、だましだまし　田辺聖子

生きていくために必要な二つの言葉、「ほな」、と「そやね」。別れる時は「ほな」、相づちには、「そやね」といえば、万事うまくいくという。窮屈な現世でほどほどに楽しく幸福に暮らす方法を解き明かす生き方本。

症例A　多島斗志之

精神科医・榊、担当患者で17歳の亜佐美、そして女性臨床心理士の広瀬。亜佐美は境界例か、解離性同一性障害か？　正常と異常の境界とは？　三つの視線が交わる果てに光は見出せるのか？

夜を走る　トラブル短篇集　筒井康隆

アル中のタクシー運転手が体験する最悪の夜、三ヵ月以上便通のない男の大便の行き先、デモに参加した女子大生を匿う教授の選択……絶体絶命、不条理な状況に壊れていく人間たちの哀しくも笑える物語。

角川文庫ベストセラー

紀州 木の国・根の国物語　中上健次

紀州、そこは、神武東征以来、敗れた者らが棲むもう一つの国家で、鬼らが跋扈する鬼州、霊気の満ちる気州だ。そこに生きる人々が生の言葉で語る、〝切って血の出る物語〟。隠国・紀州の光と影を描く。

軽蔑　中上健次

新宿歌舞伎町のポールダンスバーの踊り子、真知子と、名家の一人息子として生まれながら、上京しヒモになっていたカズ。熱烈に惹かれ合った二人は、故郷に帰って新しい生活を始めるが。

村田エフェンディ滞土録　梨木香歩

1899年、トルコに留学中の村田君は毎日議論したり、拾った鸚鵡に翻弄されたり神様の喧嘩に巻き込まれたり。それは、かけがえのない青春の日々だった……21世紀に問う、永遠の名作青春文学。

三味線ざんまい　群ようこ

固い決意で三味線を習い始めた著者に、次々と襲いかかる試練。西洋の音楽からは全く類推不可能な旋律、はじめての発表会での緊張――こんなに「わからないことだらけ」の世界に足を踏み入れようとは！

財布のつぶやき　群ようこ

家のローンを払い終えるのはずっと先。毎年の税金問題も悩みの種。節約を決意しては挫折の繰り返し。〝おひとりさまの老後〟に不安がよぎるけど、本当の幸せって何だろう。暮らしのヒントが詰まったエッセイ。